Helge Schneider

# *Satan Loco*

Roman

Mit
12 Kulizeichnungen
des Autors

Kiepenheuer & Witsch

**MIX**
Papier aus verantwor-
tungsvollen Quellen
**FSC® C083411**

Verlag Kiepenheuer & Witsch, FSC® N001512

1. Auflage 2011

Umschlaggestaltung: Barbara Thoben, Köln, nach einer Idee
von Helge Schneider
Umschlagfoto: © Helge Schneider
Zeichnungen im Innenteil: © Helge Schneider
Gesetzt aus der Stempel Garamond
Satz: Buch-Werkstatt GmbH, Bad Aibling
Druck und Bindung: CPI – Clausen & Bosse, Leck
ISBN 978-3-462-04304-4

1186

Das Buch

Endlich – Millionen von Fans des größten Kriminalisten aller Zeiten atmen auf: Kommissar Schneider reloaded! Doch die Freude über das Comeback weicht allzu schnell atemloser und schier nervenzerfetzender Spannung, wenn Kommissar Schneider sich nach Spanien aufmacht, um dort die Ermittlungen in familiären wie globalen Verstrickungen aufzunehmen: der schwerste und komplizierteste Fall seiner Karriere »ohne Zeugen und anscheinend auch ohne bisherige Tat«. Wer ist dieser geheimnisvolle apokalyptische Reiter auf seiner Harley-Davidson, der ruhelos die Sierra Nevada durchstreift? Werden sich die Pfade dieser letzten beiden einsamen Helden unserer Zeit kreuzen?
Im apokalyptischen Taumel zwischen Mystik, Gesellschaftskritik und Campingplatz steuert dieser Kriminalroman unaufhaltsam auf ein furios-überraschendes Finale zu, auf einen gnadenlos-blutrünstigen Showdown ...

Helge Schneider

hat zweimal eine Autobiographie geschrieben (»Bonbon aus Wurst« und »Guten Tach. Auf Wiedersehn«), einen abgeschlossenen Schicksalsroman (»Eine Liebe im Sechsachteltakt«), die Bekenntnisse eines Heiratsschwindlers (»Die Memoiren des Rodriguez Faszanatas«) und einen Expeditionsroman (»Globus Dei«). Aber damit nicht genug: Er hat auch fünf Kriminalromane verfasst, in denen immer Kommissar Schneider auftritt. Das macht zehn Bücher in neunzehn Jahren. Alle Achtung!

Prolog.

Kommissar Schneider hat die Rente beantragt und ist so lange auf Kurzarbeit gesetzt worden. Es ist ihm ganz recht, auch mal zu Hause zu sein, aber seine Nervosität geht seiner Frau Helene auf den Wecker. Sie will, dass er wieder mehr weg ist oder zumindest sich irgendwo zusätzlich für einen Nebenjob bewirbt. Auch seine Tochter ist von dem ewigen Fernsehgucken des Kommissars angewidert und zieht bereits mit 18 Jahren von zu Hause aus.

»Ihr habt mir überhaupt nichts mehr zu sagen. Ich bin volljährig!«

Und weg war sie. Die Mutter macht sich Sorgen, und der Vater würde am liebsten die Zeit zurückdrehen, wo Kinder erst mit 21 Jahren Volljährigkeit erlangen konnten. Er muss erst nachmittags zum Präsidium heute und geht vormittags noch zum Zahnarzt. Der findet Karies in 7 und 8 rechts oben. Ob er wohl zu viel Gummibärchen gegessen hat über die Jahre? Die standen immer auf dem Schreibtisch im Büro des Polizeipräsidenten, und er hatte oft dort zu tun.

»Wir müssen eine Wurzelfüllung machen. Das dauert etwas länger. Haben Sie Zeit mitgebracht?«

»Äh, nein, tut mir leid, ich muss dringend ins Präsidium, Sie können sich ja denken, dass die mich da brauchen.«

Danach stand er eine geschlagene Stunde im Stehcafé und trank Kaffee mit ganz viel Zucker, wie üblich. Rauchverbot, so ein Quatsch. Er schaute sich um und fand heraus, dass er allein war, schnippte eine Zigarette aus der Packung und machte sich daran, sie anzuzünden. Da kam eine Frau vom Bürgeramt herein und zeigte sofort auf seine Zigarette, die er vergeblich versucht hatte, noch schnell zu verstecken, und sagte:

»Nein, nein! Hier nicht rauchen! Das kostet 1000 Euro, wenn Sie Pech haben, Herr Kommissar.«

Der Kommissar bedankte sich für die Information, er tat so, als wüsste er von dem Rauchverbot überhaupt nichts.

»Ich habe viel zu tun, da kann man schon mal etwas verpassen.«

Später im Polizeipräsidium zog er die Gardinen zu, setzte sich in seinen ausgelatschten alten Ledersessel hinter seinen Schreibtisch, legte die Füße auf den Tisch und nickte ein.

Das laute Geknatter kam von da drüben! Ein harscher Lichtstrahl rannte über die mit Reliefs bekörperte Wand des Gotteshauses und verformte sich zu einem grellen Blitzezucken, genau über dem großen Fenster, wo die Jungfrau Maria ihr Kind im Arm wiegt, dann verschwand das Gleißen im Nu, und plötzlich, ohne

Vorwarnung, raste die Silhouette eines Höllenmotorrades durch das Hauptportal, riss das Weihwasserbecken mit sich und sprang über den Altar, landete scheppernd an der Stirnwand, wo die Kerzen diesen unheimlichen, brennenden Schein fabriziert hatten, doch nun war das gesamte Kerzenfeuer schlagartig verworfen. Der Akteur dieses wilden Rittes schlang den langen bunten Jerseyschal ein zweites Mal um den Hals, sodass er wehend über den Rücken loderte, dann, mit zwei, drei Sätzen bemächtigte er sich mit einem zusätzlichen derben Tritt, der überhaupt nicht nötig gewesen wäre, des Orgelspieltisches. Während der Organist mit einer Platzwunde zu Boden fiel, klang das altehrwürdige Instrument wie eine Kirmesorgel, die Pfeifen würgten eine abstruse Kinderliedmelodie hervor, und die Gemeinschaft der Betenden, die zuvor vertieft in Kirchengesänge gefront hatten, schaute verirrt einander an. Was soll das? Diese erbärmliche Musik. Der Fremde versuchte, mit steifen Fingern in einer Weise zu plärren, die jenseits von allem Irdischen war, die Orgel verschluckte sich an der Kunst des Spielers, der der Orgel wie eine Laus im Pelz saß, ein Schrei durchbrach das heisere Getöse der Orgel.

»Oh Herr, erbarme dich unser!«

Der Motorradfahrer sprang plötzlich wie von der Tarantel gestochen von der Orgelbank. Jäh hielt das Gemetzel in den Orgelpfeifen inne, da setzte der Fremde zu einem weit ausholenden Schlag in das empörte Gesicht des Schreiers an, traf den armseligen Mann und flog auf dem brüllenden Motorrad wieder davon. Lange hörte man das Geknatter und Gepuffe des Gefährtes noch in den Ohren, denen man genauso wenig zu trauen glaubte wie den Augen zuvor. Auf dem Boden in der Kirche lag ein zusammengeknüllter Damenslip.

Erster Teil.

Stahlblauer Himmel über den erhabenen Bergen der Sierra. Die wenigen Vögel, die diese Gegend bevölkerten, wirkten wie Fremde. Hakenschlagender Hase gegen Puma. Ein ungleicher Kampf, möchte man meinen, aber der Hase ist schneller. Keuchend hinterlässt der Puma seine fette Spur im heißen Sand. Schon gestern hatte er sich einen Kakteenstachel ins Fleisch geschlagen, der Arme. So machte ihm das Jagen keinen Spaß mehr. Der Hase verschwand im Dickicht der Agaven, inmitten eines kleinen Tales voller rotem Gestein, Olivenbäume gruben sich dort fest. Die Luft flirrte. Der Puma gab auf und drehte links bei.

Da, ein Pfeil durchbohrte seine linke Hinterhand, mitten durch die Sehne! Jaulend schrie der Gebeutelte auf und rieb sich mit seinem geschundenen Körper in den Sand, um den schmerzhaften Fremdkörper abzustreifen. Der Puma dachte nicht, er handelte. Denken ist des Menschen Sache. Der ihn nun trieb. Er hetzte dem Puma noch einen zweiten Pfeil in die Muskeln, da blieb der liegen. Der Wilde schmiss sein Motorrad zur Seite und sprang auf das Tier, das lange Messer zwischen seinen Zähnen blitzte unfair. Sollte er ihn töten? Der Fremde hielt inne, dann erhob er sich von dem sabbernden Tier.

»Du sollst mein Freund werden, ich nenne dich

17

LEGUMES, das heißt Gemüse. Legumes, der Unbesiegbare!«

Damit war der Pakt besiegelt, der Puma konnte ausruhen, denn er sah in den Augen des Mannes keine Lüge. Der Mann riss den Reißverschluss seines Motorradkombis auf und nahm die heiße Luft der Sierra wie ein Labsal auf seine Brust auf. Er schnitt eine Blüte eines Kaktusses ab und quetschte sie sich ins Gesicht, zur Erfrischung, trank ein paar Fetzen. Auch der Puma sollte etwas davon abbekommen.

»Hier, Legumes! Iss!«

Der Puma verstand, als könnte er die Sprache erkennen. Er setzte sich auf die durchbohrte Sehne und fraß dem Fremden aus der dahingestreckten Hand. Dieses Bild war der Sonne vertraut, sie verzieh mit einem großen Schatten, die die Kaktee zu einem Monster werden ließ. Die nun heilige Stille wurde nur durch das entfernte Zwitschern eines Dompfaffs gestört, nicht der Rede wert. Mensch und Bestie, in Eintracht vor dem Firmament. Geboren um zu sterben, sonst nichts. Dazwischen der Überlebenskampf. Am Abend teilten sie sich auf, um den Hasen wieder aufzuspüren und ihm das Gericht zu machen. Ein bescheidenes Mahl. Als der Hase sich an einem Holzstöckchen über dem Feuer drehte, wurde der Himmel rot und der Tod sagte sich zur Stell. Er hat nicht immer sofort Zeit, diesmal kam er etwas später.

Nach dem Mahl überfiel den Puma ein Schlummer. Der Motorradfahrer nickte nur kurz ein, dann träumte er wach. Er war ein Kind. Schwarze Locken fielen über die Stirn seines kleinen, dreckigen Gesichtes. Schlamm machte ihm das Gehen in dem von der Sonne nur halb ausgetrockneten Flussbett in der Sierra zur Qual. Fliegen gingen ihrem Tagesgeschäft nach und bildeten an ihm einen dichten Teppich, der immer wieder aufriss. Die Sonne brannte, der Junge erkannte die Gegend unscharf in erbrannten Augenhöhlen. Das Gerippe eines Esels am Wegrand hatte ihn in den Fluss getrieben. Gerippe bringen Pech, dachte der kleine Kerl. Aber Angst kannte er nicht. Außer Angst, wenn man sich schämt. Angst, dass jemand diese Scham entdeckt. So war sein Leben, bis jetzt. Er sah das Flugzeug auf dem Rücken liegend hoch aufgetürmt im Flussbett schlafen. Als er näher kam, erkannte er ein Feuer, das leise vor sich hin glimmte. Hier war nichts mehr, wie es vorher war. Nichts mehr an seinem Platze. Der Pilot hing kopfüber in den Haltegurten, die ihn retten sollten, mit dem Kopf im Fluss. Er musste ertrunken sein. Der Junge kroch die letzten Meter bis zum Wrack. Dann leerte er die Tasche des Piloten aus und fand ein schmales Heft. Er konnte nicht lesen, nahm es trotzdem an sich, um irgendwann einmal darin zu lesen, wenn es so weit war.

Die Nacht war mondlos, und der Puma hatte sich verdrückt. Satan Loco war allein und erwachte um circa vier Uhr dreißig von seinem unglückseligen Traum. Er weinte zart um die Welt. Das war sein liebstes Gefühl. Dann mochte er gern allein sein. In einem Dornenstrauch verrichtete er seine Notdurft und zog seinen Motorradkombi an. Kein Puma weit und breit. Er wollte noch vor Tagesanbruch in der Alhambra sein, bevor die Touristenschwärme diesen Ort zerfetzten. Mit einem beherzten Tritt schmiss er sein Motorrad an und stürmte sonnenwärts. Noch lange hörte man das Röhren der beiden Zylinder, bis er als kleiner Punkt am Horizont zur Ewigkeit wurde und zum Nichts. Mit dem bloßen Auge war es nun nicht mehr möglich, ihn zu orten. Das wusste er, und so bog er einfach rechts ab.

Die Regale quollen über vor unnützem Krimskrams: Schräubchen, Döschen, Plastikschrott, künstlicher Rasen, ein aufblasbares Schwimmbecken für Babys, Gartenschlauch aus minderwertigem Gummi, Werkzeug, das sofort bricht, wenn man es braucht – usw. usw. Rosita Hernandes durchzuckte ein kalter Schauer. Sie sah fern. Die Bilder, die sich ihr boten, waren nicht geeignet, länger zuzusehen, wenn man so war wie Rosita Hernandes. Sie war nämlich schreckhaft, fürchtete sich vor der kleinsten Schnittwunde. Der Film mit dem

Verkehrsunfall war in jedem Programm zu sehen. Ein Auto hatte sich überschlagen, der Fahrer wurde rausgeschleudert und knallte gegen eine Häuserwand, an der eine Beobachtungskamera installiert war. Alles war haarklein zu sehen, bis zu dem Aufschlag des Körpers an der Hausecke, direkt in die Kamera hinein. Die Medien zelebrierten den Tod des Unglücklichen wie eine Show. Das war nichts für Rosita Hernandes, aber sie konnte auch nicht wegsehen. Die Überwachungskameras hatten aber auch gefilmt, wie ein Passant, der den Unfall beobachtete, zu dem Opfer ging und ihm die Brieftasche aus der Jacke nahm und damit wegging, so als wäre es das Natürlichste der Welt. Das machte Rosita Hernandes wütend. Sie schimpfte wie ein Rohrspatz. Sie schaltete um: Schweinchen Dick. Das fand sie irgendwie lustig. Sie lachte jedoch nicht. Dafür meinte sie zu stolz zu sein. Es war aber pure Dummheit, die sie vom Lachen abhielt. Sie verstand gar nicht, was das Schweinchen da so machte. Und außerdem war es ja eine animierte Zeichentrickfigur, die war ja gar nicht echt.

Die Bimmel an der Eingangstür wurde betätigt. Rosita hatte das Motorrad nur auf zweiter Ebene wahrgenommen. Der Mann verdunkelte den mit bunten Plastikstreifen behangenen Türrahmen, nur ein klitzekleines Blitzen der Sonne stach durch seine Haare. Der Fremde trat ein und verlangte Rasierzeug. Pinsel, Messer, Seife. Rosita gab ihm das Verlangte. Wenn sie ihre Augen an seinen Beinen abwärts bewegt hätte, wäre ihr nicht entgangen, dass er fast schwebte, seine Stiefel berührten den Boden nicht. War es eine Erscheinung der großen Hitze? Der Fremde senkte seinen Blick und schaute ihr unter einer Stirntolle hervor finster ins Gesicht. Er spannte seine Hände. Und ohne den Blick von ihr zu lassen, durchwühlte er mit beiden Händen alle möglichen Döschen und Schächtelchen, dann riss er die Schachteln mit den Schrauben und Muttern sowie ein paar kleine Messerchen und das Vogelfutter aus den Regalen und verstreute alles auf dem Fußboden. Rosita schaute weg. Sie hatte plötzlich Angst. Der Fremde nahm den großen Hammer aus der Tiefe des Regals und zerschlug blitzschnell den Regalboden, sodass alles, was darauf noch lag, durch den ganzen Raum hüpfen musste. Als sie sich einen Moment unbeobachtet fühlte, rannte Rosita schreiend auf die Straße.

»Hilfe! Hilfe!«

Die Autos rasten hupend an ihr vorbei. Satan Loco war drinnen damit beschäftigt, alle bunten Papiertaschentücher, in Cellophan eingepackt, auf potenzielle Käufer wartend, zu zerfleddern, dabei spuckte er wild um sich, dann sprang er mit weit geöffneten Armen auf die Straße hinter Rosita Hernandes her und zerrte sie zurück in den Laden. Dort schmiss er sie in das andere Regal mit den Glühbirnen, dem Waffeleisen, den sonstigen Elektroartikeln, den Zauberblumen und den Malblöcken für Kinder, die Ölfarbe für die Kunstmaler zerstampfte er auf der Erde, alles wurde bunt. Er wollte die Frau küssen, hielt ihren Kopf an den Haaren nach hinten, spitzte seinen Mund und ließ plötzlich von ihr ab, warf lachend den Kopf nach hinten, dann hüpfte er über die Theke und den Schirmständer nach draußen. Er nahm Anlauf und warf sich breitbeinig über die Maschine, trat sie mit weit ausholendem Bogen mit dem rechten Bein an, der Motor brabbelte explosionsartig auf, und dann jagte der gemeine Kerl mit Affenzahn durch die Straßen der Ortschaft nach draußen in Richtung Sierra. Rosita Hernandes hatte den Telefonhörer bereits in der Hand und am Ohr, doch das Kabel hing kraftlos und zerschnitten aus der Dose.

Das Mondlicht war seine einzige Lichtquelle. Als Spiegel diente die Schale mit Wasser, die auf dem Boden stand. Seine Hand vibrierte ein wenig, als er sich die Bartstoppeln mit dem Messer kürzte. Weißer Rasierschaum tropfte auf seine Schulter. Ratsch, ein breiter Streifen nackter Gesichtshaut lugte hervor aus dem Schaum. Und noch einmal. Ratsch! Sein Aussehen hatte sich innerhalb von Zehntelsekunden geändert. Er sah jetzt jünger und auch härter aus. Er lächelte in sein Spiegelbild. Dann trank er den Rest aus der Schale. Es hatte schon den ganzen Tag gedonnert und geblitzt, doch war kein einziger Tropfen auf die Erde gefallen. Das ist hier so. Es regnet fast nie. Die Wüste barg trotzdem eine große Menge Feuchtigkeit unter der Erde. Feuchtigkeit, die er sich geschickt zu eigen machen konnte, wenn er wollte. Für diese Zwecke hatte er immer eine Plastiktüte parat. Die legte er abends in den heißen Sand, und am nächsten Morgen hatte er das klarste Wasser, Kondenswasser, das über Nacht entstanden war. Manchmal dachte er an die Zeit, wo es noch keine Plastiktüten gab. Die Menschen mussten buchstäblich verdursten, wo die Rettung so nahe war. Die Wüste ist wunderschön, birgt aber den Tod in jedem sonnigen Winkel.

Es war ein langer Tag gewesen. Der Priester faltete seine Osteruniform zusammen und legte sie auf sein Bett. Die überaus dicke Matratze war von einer handgewebten lilafarbenen Decke mit unzähligen Ornamenten bedeckt. Darauf lagen mehrere Kissen. Seidenkissen. Die hölzernen Pfeiler an den Bettecken ragten großkotzig bis an die hohe Decke. Eine Art Baldachin wölbte sich bogenförmig über den Schläfer, wenn er schlief. Aber er schlief selten, es war gewissermaßen fast unmöglich für den Monsignore Francisco Parisi, den ersten Geistlichen in der kleinen Ortschaft Montepecuno. Viel zu viel Leid und Unglück hatte er sich im Laufe seines langen Lebens schon im Beichtstuhl anhören müssen. Wenn es wirklich stimmte, was die ihm da alles erzählten, ja, dann wehe diesen Sündern, wenn sie in die Ewigkeit abgerufen würden.

»Das kann nur in der Hölle enden!«, pflegte Monsignore Francisco immer zu sagen, natürlich hinter vorgehaltener Hand und leise, dass es ja keiner zu Gehör bekam.

Monsignore Paco, wie sie ihn nannten, hatte tiefe lange Falten neben dem Mund, die bis an die Kinnspitze reichten. Meist war er gut rasiert, aber heute nicht. Er schluderte heute ein wenig. Der Damenslip, den er auf dem Kirchboden gefunden hatte, machte ihm, ehrlich gesagt, richtig Angst. Heimlich hatte er seinen linken Fuß über dieses Dings gelegt, damit kein anderer es sehen könne und damit er es später, wenn alle weg waren, an sich nehmen könnte. Er blieb dann auch, bis der Letzte die große Kirchentür hinter sich zugeschlagen hatte, auf der Stelle stehen. Schwitzend, dass ihn auch wirklich keine Menschenseele dabei ertappen könne, bückte er sich und nahm mit spitzen Fingern den Slip vom Boden. Er knüllte ihn zusammen, steckte ihn in seine Robe und flüchtete durch die Sakristei, in der dummerweise die Putzfrau gerade angekommen war, ins Freie, bestieg seinen Mercedes und ließ den Motor an.

Ehe er losfuhr, fingerte er noch einmal nervös an dem Slip herum und konnte es immer noch nicht glauben, dass so etwas Freches in seiner Kirche passiert sein konnte! Er legte den ersten Gang ein und setzte sich in Bewegung. Seine Wohnung lag etwas außerhalb der Stadt. Hier war er unbehelligt. Er rieb den Slip zwischen seinen vom Kartoffelschälen und Spülen aufgerissenen Händen, ein wohliges, so anderes Gefühl. Und der Geruch. Es roch nach Mandeln und Seife. Es kam ihm vor, als wäre ihm mit weicher Pranke ein-

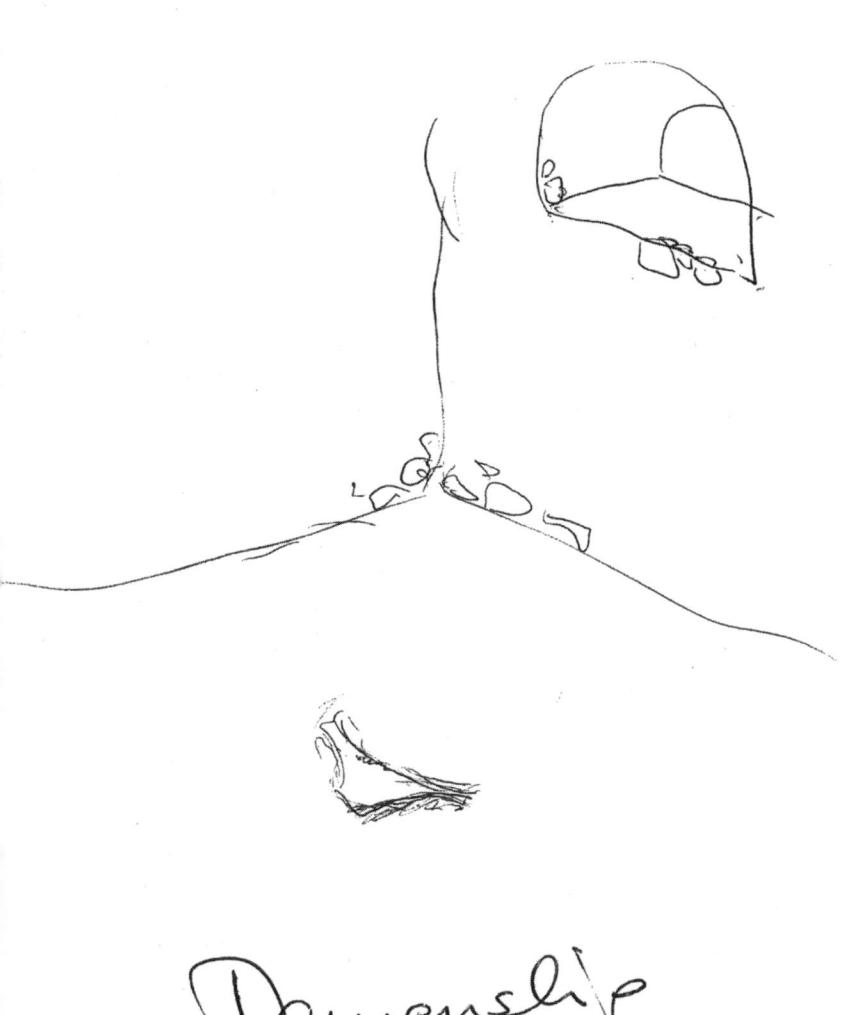

Damenship

mal über die Schulter gefahren worden. Ein Gefühl aus weiter Ferne, etwas, was er nicht einordnen konnte. Er nahm den Slip und steckte ihn in die Innentasche seines Mantels, darin war eine Art Geheimfach, eigentlich für Tabletten, er war Valium-süchtig. Der Diener klopfte.

Er hatte einen vom Staat spendierten Haushelfer, der aber zu nichts zu gebrauchen war, deshalb machte der Monsignore das meiste selbst, außer wirklich schmutzige Sachen wie zum Beispiel den kleinen Hasenstall ausmisten, in dem zwei Hasen ihr Dasein fristen mussten, bevor sie dann eines Tages aus einer Laune heraus verspeist werden würden.

Monsignore Paco schickte den Diener in die Stadt, er solle Heringe besorgen für die morgige Eucharistiefeier in der Kirche. Die wenigen evangelischen Bürger des Nachbardorfes hatten sich bereit erklärt, auch zu kommen. Es sollte auch Wein geben. Daran dachte der Monsignore mit Vorfreude. Er hatte vor, den schlechtesten Wein zu verabreichen, den er finden konnte.

Er hätte sich nicht abends rasieren sollen. Jetzt, bei Tageslicht, sah er die Bescherung: überall blutige Schnitte und Kerben übers ganze Gesicht verteilt. Er sah sich in der kleinen Pfütze zwischen seinen Stiefeln, die eben, bevor er dahin gepisst hatte, noch nicht existierte. Er wischte sich notdürftig mit dem Hemdzipfel durch das Gesicht. Er pfiff nach Legumes, dem Unbesiegbaren. Der kam aus dem Schatten eines Busches angetrottet. Das linke Hinterbein zog er nach sich, maunzend legte er Satan Loco seinen schweren Kopf in den Schoß. Satan strich ihm zärtlich über den Rücken.

Der Puma knurrte genüsslich. Ein Düsenjäger der Armee überflog die Sierra, ein Höllenlärm. Der Puma interessierte sich nicht für das fliegende Objekt. Satan Loco schaute gen Himmel. Wieso will der Mensch diesem Gott so nah sein? Warum fürchtet sich keiner vor der imaginären Kraft des Himmels? Warum beteten sie zu diesem Gott, und im selben Moment durchflogen sie seine empfindliche Seele mit diesen Jagdbombern, mit diesen Stacheln des Bösen. Er wütete in sich selbst. Ja, sein Motorrad, das war etwas anderes. Das blieb ja am Boden. Er stand auf und küsste den bunt bemalten Tank der Maschine. Er drehte den Tankdeckel auf und schaute herein, um zu prüfen, wie viel Sprit noch im Tank sei. Eine kleine Menge spiegelte sich in seinem rechten Auge. Er müsste noch nachtanken, zehn Kilometer vor der Ortschaft Talla del Orte war eine Elf-Tankstelle, dort würde er etwas stehlen können. Wenn ein Auto da stände. Dann würde er sich anschleichen und mit dem Mund Benzin aus einem Schlauch, den er heimlich in den Tank des Autos stecken würde, absaugen und seinem kleinen Benzinkanister zuführen. Riskant – wenn er von irgendjemandem aufgeschreckt würde, könnte er sich verschlucken, und das würde nicht gut ausgehen.

Er besaß kein Geld, um sich Benzin zu kaufen. Er lachte, als er an die vielen, vielen Menschen dachte, die ihr Geld sogar sparen, weglegen, in einen eisernen Schrank, für den nur sie den Schlüssel haben, eine jämmerlich Vorstellung. Was für ein Leben. Immer nur Geld im Sinn. Das schöne Geld. Sie arbeiteten dafür und gaben es auf die Bank, dann war es weg. Ein Zettel, wo draufstand, dass sie Geld hätten, war das Einzige, was sie an dieses sauer verdiente Geld erinnerte, paradox. Er verstand es nicht. Er setzte sich mit seinem Arsch auf sein Motorrad und krachte in die Sierra hinein. Steinchen schleuderten ihm ins Gesicht, er war es gewöhnt.

Eine Maus. Das Rascheln im Papier hatte sie verraten. Mit einem raschen Hieb nahm sich Legumes sein karges Mahl. Eine Maus. Was für den hohlen Zahn. Legumes würgte sie in einem Satz runter. Sein Magen knurrte nun umso mehr. Schon lange hatte er kein Reh oder gar ein Wildschwein mehr geschlagen. Unbarmherzig knallte die Sonne auf seinen schmutzigen Pelz. Die Hitze war unerträglich. Unter seinen Pfoten schmolz das Gestein. Er hastete wie im Schlaf von Fels zu Fels, jedes kleinste Steinchen war ihm bekannt. Sein überaus ausgeprägter Geruchssinn empfahl ihm die Richtung, eine zweite Maus war zu riechen, nicht weit entfernt.

Sie musste in Bewegung sein, denn immer mal wieder war ihr Geruch stärker, dann schwächer. Der Puma Legumes bewegte sich katzenhaft, er wand seinen Körper geschickt zum nächsten Ziel, eine kleine Anhöhe mit einem Olivenbaum auf der Spitze. Dort musste die Maus hausen. Als er näher kam, wurde der Geruch so stark, dass er vermutete, dass es sich nicht mehr nur um eine Maus handelte, sondern um etwas Größeres, vielleicht ein Hase, oder gar ein noch größeres Getier. Da, ein Schatten huschte hinter dem Olivenbaum herum! Legumes schoss wie ein Pfeil durch den hoch aufwirbelnden Staub, dann, ein gezielter Prankenhieb, und innerhalb der nächsten Sekunde hatte er dem Tier den Atem genommen, indem er es mit beiden Pranken am Halse festhielt und sein Maul über dessen Kopf stülpte, ihm die Luft verwehrte. Der Wüstenfuchs konnte noch nicht einmal mehr röcheln. Nach einer Weile ließ Legumes von ihm ab, ließ ihn in den Sand fallen. Dann untersuchte er ihn zögernd mit der Tatze und leckte auch mal kurz an ihm. Es schien nicht das zu sein, was er sich in seinem dicken Schädel erhofft hatte, Wüstenfuchs stand normalerweise nicht auf seiner Speisekarte. Er öffnete den Brustkorb und machte sich widerwillig über die Eingeweide her. Er gewöhnte sich schnell an den Geschmack, doch das äußere Muskelfleisch ließ er liegen. Schon umkreisten Aasgeier die Stelle, an der der Fuchs sein Leben gelassen hatte. Legumes war ein wenig satt geworden und warf sich unter einem toten Baum, dessen Wurzeln von der Erosion völlig freigelegt worden waren, in dessen dürftigen Schatten. Und er schlief ein. Sein Schnarchen ließ die Sierra erzittern, manch Tier in kilometerweiter Entfernung bekam es mit der Angst zu tun.

Er stand in der kleinen Küche am Herd. Seine Hände zitterten. Auf der Flamme, die nur halb brannte, stand ein Blechtopf, in dem etwas vor sich hin köchelte. Er sog den Dunst kurz ein, indem er ihn mit der Hand seiner Nase zufächelte, kotzte fast und warf sofort seinen Kopf nach hinten über die Schulter und atmete angeekelt aus. Das war nicht witzig, dachte er, beinahe wäre er selbst bei dem Versuch, eine zyankalihaltige Substanz zu brauen, Opfer geworden. Er hatte vor, mit dieser Brühe in absehbarer Zeit ein Experiment an der Gesellschaft zu machen. Kurz, er wollte töten, wusste aber beim besten Willen noch nicht, wen und wann. Nur eines musste es sein: vollkommen einzigartig. Aus Spaß töten, das hatte sich Jeremy Conzjewskie auf seine Fahne geschrieben.

Er studierte Fotografie und Germanistik im vierten Semester, in Barcelona. Völlig unauffälliger Lebenslauf, außer dass er in der Schule gerne im Chemieunterricht experimentiert hatte. Einmal hatte er es sogar geschafft, auf dem Lehrertisch ein Viertelpfund Magnesium zur Explosion zu bringen, mittels Fernsteuerung, aus einem dieser Modellschiffchen, die man im Spiel-

zeugwarenladen bekommen kann. Mit einer derart vernichtenden Reaktion hatte er gar nicht gerechnet, der Lehrer wurde mit Blaulicht ins Krankenhaus gefahren. Dass es Jeremy war, wurde nicht herausgefunden.

Eben noch war er im Fitnessstudio gewesen, wo er letztens einen Zettel hingehängt hatte mit seiner Handynummer, aber nur die für sein Zweithandy, für spezielle Fälle. Er bot Fotoshootings für Studentinnen an, auf Mallorca. Damit hatte er großen Erfolg, die jungen Frauen hatten die Hoffnung, große Stars oder gut bezahlte Models zu werden, weil er eine Fotostrecke von ihnen auch zur Veröffentlichung den einschlägigen Modezeitschriften anbot, natürlich gelogen. Er konnte noch nicht einmal fotografieren, benutzte dafür zwar eine professionelle Kamera, konnte aber überhaupt nicht damit umgehen.

Jetzt hatte er genug von dem Giftbrei. Er nahm den Topf vom Herd und ließ ihn abkühlen. Um die Zeit zu überbrücken, legte er sich auf seine Couch und rauchte einen Joint. Aber erst mal legte er die neue CD von Desert Storm auf, eine Heavy-Metal-Band aus San Francisco. Nach einer Weile bekam er Halluzinationen, er bewegte seinen Hals merkwürdig abstrakt zu der lauten Musik und verzerrte sein Gesicht bis zur Unkenntlichkeit. Dann lachte er laut und hektisch. Er musste sich übergeben und schaffte es noch bis zum Klo, dann lief die braungrüne Suppe ihm nur so aus dem Hals. Er wischte die Kotze mit dem Hemdärmel ab, ging in die Küche und stellte den Giftbrei in den Eisschrank. Zur späteren, hoffentlich erfolgreichen Verwendung.

Er lachte zynisch, als er den Eisschrank schloss. Dann schaute er auf die Uhr und beeilte sich, zur Fähre zu kommen. Jede volle Stunde ging ein Schiff nach Mallorca, ein Luftkissenboot. Vier Stunden, das ging noch. Früher fuhr man die ganze Nacht.

Er kaufte am Hafen ein Bocadillo con queso und stellte sich in der Schlange der Wartenden an, um ein Billett zu kaufen. Über dem Meer stand schon der Nebel, der abendlich Barcelona einhüllt in ein ewiges Geheimnis. Dann ging es los, das Schiff stampfte durch die leichte Dünung wie ein Elefant auf Schlittschuhen.

Nicole, die dicke Tochter von Kommissar Schneider und seiner Frau Helene, hatte heute ein Fotoshooting auf Mallorca. Ungelenk stapfte sie mit zwei Plastiktüten bewaffnet über die Schinkenstraße.

Ihr Vater wusste nichts von der Mallorcareise seiner Tochter. Er hatte einfach zu viel zu tun, als dass er sich um alle seine Familienmitglieder persönlich kümmern konnte. Seine Frau brühte gerade seinen vierten Kaffee auf. Die Zeitung war noch nicht gekommen, weil es wieder geschneit hatte über Nacht und der Zeitungsbote es schwer hatte, hier heraus zu kommen. Kommissar Schneider hatte schlechteste Laune. Ohne seine Zeitung war er nur ein halber Mensch.

Lustlos schlug er dem gekochten Ei den Kopf ab. Zurzeit befasste er sich mit einem mehr oder weniger einfachen Fall. Ein 19-Jähriger hatte seine Eltern mit einem Vorschlaghammer erschlagen und war dann, weil Nachbarn ihn dabei beobachtet und gefilmt hatten, in deren Wohnzimmer eingedrungen und hatte auch diese Leute mit dem Vorschlaghammer getötet, den er anschließend in der Häckselmaschine, die im Garten stand, zerstückelte. Dann hatte er die Videokassette, auf der seine Untat dokumentiert war, an sich genommen und war verschwunden. Der Besitzer eines Videoverleihs wurde stutzig, als er die Kassette prüfen wollte, die ihm der Junge angeboten hatte als amerikanischen Splatterfilm. Er erkannte den Jungen und rief die Polizei. Da kein anderer Kommissar zur Stelle war, wurde Kommissar Schneider dieser Fall übertragen, eigentlich viel zu leicht für ihn. Missmutig nahm er den Fall dann auch an und nahm sich Zeit bei der Ermittlungsarbeit. Er wusste ja, wo er den Jungen zu finden hatte, und ließ ihm noch ein paar Tage Zeit, vielleicht würde dieser noch mehr Fehler begehen. Vielleicht noch einen Mord, dann wären es mindestens fünf Opfer – die Zahl, ab der Kommissar Schneider normalerweise auf einen Fall gehetzt wurde.

Da, ein Rascheln im Briefkasten! Kommissar Schneider schnellte hoch und begab sich zur Haustür, wo er die Zeitung aus dem Briefkasten pulte. Erste Seite: nichts! Er blätterte um, dann, so auf der Seite 12 oder 13, ein kleiner Bericht über seinen Fall. Und ein kleines Foto von ihm. Kommissar Schneiders Brust schwoll unmerklich für seine Frau, dann ging er zum Küchen-schrank, holte die Schere aus dem Besteckkasten und schnitt vorsichtig den Artikel aus der Zeitung. An-schließend klebte er den Fetzen billiges Papier mit sei-nem Foto in die dafür vorgesehene Kladde.

Seine Frau Helene beobachtete das Ganze mit einem lachenden und einem weinenden Auge. Sie machte sich Sorgen um die Zurechnungsfähigkeit ihres Mannes. Seit einiger Zeit schon betrug er sich so rätselhaft. Mal saß er wie eine Sphinx auf seinem Wohnzimmersessel und bewegte sich stundenlang überhaupt nicht, er blin-zelte noch nicht einmal mit den Wimpern. Ein ande-res Mal stakste er aufgeregt und schnaufend immer hin und her im Wohnzimmer, dabei zerkaute er eine Pfeife nach der anderen. Er war auch besorgt über die Ver-hältnisse in diesem Lande. Seiner Meinung nach gab es viel zu wenig Kriminalität, er machte sich Sorgen um seinen Berufsstand. Ganz einfach, er fühlte sich abge-schrieben, nicht mehr wichtig. Er musste immer bana-lere Fälle bearbeiten. Ein Lichtblick neben den wenigen Taschendieben auf dem Weihnachtsmarkt war noch der verschwundene Elefant. Drei Wochen hatte er ihn ge-sucht, und am Ende steckte der Elefant, der aus dem Zoo entwendet worden war, in der Garage eines Elfen-beinhändlers. In dem Moment, als Kommissar Schnei-der mit gezückter Waffe in die Garage platzte, wollte der Dieb aus Mombasa gerade die Stoßzähne des Ko-losses abschneiden. Pech gehabt! In Handschellen ge-fiel dem Kommissar Schneider der lange Schwarze schon besser.

Nicole wartete schon eine geschlagene Stunde auf den Fotografen. Hier auf dem Marktplatz konnte sie wenigstens unter einer Deko-Palme Schutz vor der sengenden Sonne suchen. Sie saß auf dem Rand des Topfes aus natursteinartigem Kunststoff und rauchte. Ihr Vater sah es nicht gerne, wenn seine Familienmitglieder rauchten. Doch hier konnte er sie ja nicht sehen. Sie schmunzelte, als sie an zu Hause dachte. Seit drei Wochen war sie jetzt auf Mallorca, die Eltern wussten das überhaupt nicht. Sie war ja alt genug, musste nicht immer Rechenschaft darüber ablegen, wo sie sich gerade aufhielt. Aber heute dachte sie, sie könne mal wenigstens zu Hause anrufen. Da kam endlich der Fotograf, sie erkannte ihn sofort, denn er trug eine große Tasche, wo ein Stativ herausguckte.

»Guten Tag, ich bin Francisco. Du bist sicher Nicole?«

Nicole stellte sich brav vor, und dann gingen sie in Richtung Astoria.

»Ich habe für das Shooting ein Zimmer mit Terrasse angemietet. Wir haben zwei Stunden Zeit, ist das nicht irre?«

Er war sehr cool, dachte sie, mit dunklen Koteletten und rasiertem Schädel, nur vorne war eine Art Stirnlocke geblieben, die aber sehr kurz geschnitten war. Sie checkten ein. Er erledigte das. Das Mädchen an der Rezeption verzog ein wenig den Mund, doch Nicole fiel das nicht auf, sie war bereits in Shooting-Laune.

»Hier hoch, Francisco?«, lachte sie mit zurückgeworfenem Kopf, ihre blonden Löckchen umrahmten ihr hübsches Gesicht. Soll man gar nicht meinen, dass der Kommissar Schneider solch eine hübsche Tochter hatte!

»Du kannst Paco zu mir sagen, das ist die Kurzform von Francisco!«

»Aha!«, sagte sie noch, dann waren sie um die Treppenstufe herum verschwunden.

Legumes strich sich mit der rechten Vorderkralle die Stirn, es juckte ihn. Die Mücken waren lästig, heute war es sehr feucht. In der Kuhle, in der er sich zur Mittagsruhe hingelegt hatte, konnte er es nach kurzer Zeit schon nicht mehr aushalten. Eine Natter schlängelte sich durch den heißen Sand, um sich dann im Schatten einer Agave auf die Lauer zu legen, vielleicht kam zufällig ein Siebenschläfer oder ein anderer Nager vorbei. Die sind hier gar nicht so selten, trotz der Hitze. Aber wenn die Luft so flirrte, dann wagte sich kein Nager aus seinem Unterschlupf, denn er weiß, dass dann eine Natter sein Verhängnis wäre. Ob Tiere denken können? Legumes wusste es nicht, denn auch er dachte ja nicht. Jetzt lag er wieder bewegungslos in seiner Kuhle. Woanders war es nämlich noch ungemütlicher, wegen der Mücken. Wenn es in dieser Region regnet, dann richtig. Allerdings blieb der Regen jetzt schon im sechsten Jahr aus. Legumes wartete geduldig.

Heute würde es regnen. Er wusste es. Wenn er auch nicht daran dachte. Aber sein Instinkt funktionierte, auf unerklärliche Weise. Er richtete sich bereits auf die Nässe ein, suchte sich einen neuen Platz, am besten mit einer Überdachung. Schnell schüttelte er sich, nachdem er sich erhoben hatte, und rannte los, in Richtung der menschlichen Behausungen am Rande der Stadt. Noch während er rannte, begann es tatsächlich zu regnen. Wäre er doch eher losgerannt. Jetzt musste er durch Regenpfützen, die sich schnell bildeten, und durch reißende Gebirgsbäche hetzen. Als er so daherschnellte, entdeckte er im Augenwinkel eine kleine Wildsau. Jetzt war sein Jagdsinn geweckt, augenblicklich drehte er bei und verfolgte das arme Ding bis in den letzten Winkel der Sierra. Das Tier versuchte, sich unter einem Felsvorsprung an die Wand zu schmiegen, um so den Krallen des gelben Löwen zu entrinnen, doch das nützte ihm nichts. Der Puma flog auf die kleine Sau zu und hieb ihr die Tatze mit solcher Wucht auf den Nacken, verbiss sich derart in der kleinen Nase des Schweinchens, dass es in kürzester Zeit sein Leben ließ. Legumes klebte an der steinernen Wand und machte sich über die Eingeweide her. Draußen goss es wie aus Kübeln. Die Sierra war zu einem wild tobenden Meer geworden. Nach dem Mahl zog sich Legumes zusammen und quetschte seinen durchnässten Körper noch dichter an die Wand, in der Hoffnung, weitestgehend trocken zu bleiben, doch ein Wind kam auf und wehte die laute Gischt des rasenden Himmelswassers genau auf seinen Pelz. Er jaulte auf, wie ungemütlich.

»Was darf es denn sein, Herr Kommissar?«

Kommissar Schneider schaut die Apothekerin mit müden Augen an.

»Ich habe Schlafstörungen. Was können Sie mir da empfehlen?«

»Baldrian. Wollen Sie die große Packung?«

»Nein, die kleine reicht erst mal. Was macht das?«

»Vier Euro zehn, bitte.«

Er gibt ihr das Geld.

»Hier, ich hab klein.«

Er nimmt das Päckchen und reißt es sofort auf.

»Auf Wiedersehen.«

»Auf Wiedersehen, Herr Kommissar.«

Die Apothekerin dreht sich um und verschwindet wieder hinter ihrem Schrank. Kommissar Schneider wirft sich zwei Tabletten gekonnt in den Mund und zerkaut sie mit angewiderter Miene.


Seit vier Stunden nun wälzte sich der Kommissar Schneider in seinem Bett. Helene schlief vorsichtshalber im Wohnzimmer, ihr Mann hatte seit Tagen diese Schlafstörungen, und dabei kann kein anderer schlafen. Dazu schnarchte er, wenn er endlich eingeschlafen war, wurde aber ziemlich schnell von seinem eigenen Schnarchen wieder wach, ein ewiger Kreislauf. Helene schlief jetzt auch schlecht. Auf der Couch waren ein paar Federn kaputt, sodass sie sich mitten in der Nacht überlegte, doch wieder ins gemeinsame Ehebett zu schleichen. Das Schleichen wäre aber gar nicht nötig gewesen, denn als sie im Schlafzimmer die Tür sacht mit der rechten Hand aufstieß, empfing sie eine barsche Stimme:

»Was soll denn das! Was machst du denn für einen Krach! Da kann ja kein Mensch schlafen!«

»Entschuldigung, Jürgen, aber ich kann auch nicht schlafen. Was meinst du, kommt Nicole bald zurück?«

»Weiß ich doch nicht! So schlafe doch endlich!«

Er drehte sich demonstrativ heftig zur Seite, dabei sprang ein Wirbel hörbar raus.

»Aaaahh! Auu! Mein Rücken!«

Der Kommissar hatte sich einen Nerv eingeklemmt. Daran musste er sich jetzt gewöhnen, hatte sein Hausarzt Dr. van Kleef gesagt. Helene stand noch einmal auf und machte ihrem Mann einen heißen Hagebuttentee, den der Kommissar aber nicht mehr trank, denn jetzt war er doch eingeschlafen.

Das Motorrad stand vor der Tankstelle. Satan Loco sah aus dem kleinen Fensterchen in der Toilette, die zur Tankstelle gehörte. Es begann zu regnen, und er fluchte, denn er war mit seinem Geschäft noch nicht ganz fertig. Aber was, wenn das Motorrad nass würde? Er war fast verzweifelt! Er beeilte sich, schloss den Reißverschluss an seiner Motorradlederhose und stürmte aus dem Klo raus ins Freie. Dabei zog er den Kopf tief zwischen die Schultern, damit er nicht so nass würde. Er riss den einzigen Sonnenschirm, der noch an dem kleinen Tisch dafür sorgte, dass die beiden Damen, die sich einen Kaffee bestellt hatten, nichts von dem Regen abbekommen, aus dem kleinen, mit Sand gefüllten weißen Plastikständer und steckte ihn zwischen Tank und Sitzbank. Die beiden Damen schimpften, doch der Mann, der sie bestohlen hatte, drehte sich nur einmal kurz zu ihnen um und grinste breit, da waren sie still. Sie hatten die Bewegung bemerkt: Seine linke Hand war in seinen Nacken gefahren und hatte mal kurz das lange Messer blitzen lassen.

Der Regen wurde stärker, und Satan Loco wischte sich die Stirn immer wieder trocken, seine Haare baumelten wild von seiner Stirn. Jetzt war es den beiden Damen dann doch zu nass geworden, und sie tranken ihren Kaffee drinnen weiter. Sensationell, ein richtiges Unwetter, seit Langem hatte es nicht mehr derart geregnet in dieser Gegend! Satan Loco versuchte, sein Motorrad irgendwie trockenzuhalten, doch die reißende Flut riss ihm fast die Beine weg. Es hatte keinen Zweck. Laut fluchend und mit zum Himmel gestreckter Hand schrie er in die Nacht.

»Hör doch auf! Lass doch sein! Was ist denn los, was habe ich denn getan!«

Er war todunglücklich und warf sich mit seinem ganzen Körper über die Maschine. Nein, er musste hier weg. Er schmiss den Schirm unbeholfen über die Tanksäulen auf die Einfahrt der Tankstelle, reckte sich über das Motorrad und startete mit dem rechten Bein derbe den Kickstarter. Die Maschine sprang mit einem lauten Knall an. Dann warf er sich auf die gesteppte Sitzbank, trat den ersten Gang rein und ließ mit aufgerissener Gashand die Kupplung los. Die Maschine hetzte in Schräglage zwischen den Tanksäulen und aufgeschichteten Reifen durch, Satan Loco bog auf die Schnellstraße ein und erhöhte sein Tempo. Mit Höchstgeschwindigkeit knatterte er im letzten Gang über den Asphalt durch die Sierra. Dabei schoss ihm immer, wenn er atmete, ein Schwall Wasser in den Hals. Seine Augen waren zu schmalen Schlitzen zusammengekniffen, der prasselnde Regen schmerzte ihn, er verlangsamte sein Tempo ein wenig, doch auch das gereichte ihm nicht zu einer Linderung. Mit hundertvierzig Sachen flog er in Richtung Los Molenas. Dort angekommen jagte er wie ein Irrer mit seinem Stahlross über die Fußgängerzone und hielt abrupt direkt vor dem kleinen Hafenbecken, wo die Fischerboote bei diesem hohen Seegang aneinanderknallten. Hier war eine Art Unterstand für Motorräder und Fahrräder, da hinein also. Er atmete auf, als er sein geliebtes Motorrad auf den Seitenständer stellte. Er schaute beim Absteigen nach oben, das Wellblechdach war bis auf wenige kleine Löcher dicht. Satan Loco öffnete die rechte Satteltasche und holte einen alten Lederlappen heraus. Damit begann er, sein Motorrad abzuwischen. Nach zwanzig Minuten trat er ein paar Schritte zurück und besah sich zufrieden die Maschine, jetzt war sie wieder wie neu. Noch immer regnete es, aber nicht mehr ganz so schlimm. Nun musste er selber auch mal an sich denken, dachte er und zog seine durchnässten Sachen aus, um sie auf einer Leine, die er aus der Ferretería hatte mitgehen lassen und die er an den Seitenwänden befestigte, zum Trocknen aufzuhängen. Nackt lehnte er auf seiner Maschine und machte ein Nickerchen, wer sollte denn hier um diese Zeit bei diesem Wetter hinkommen. Außerdem war ihm das sowieso egal. Beim Einschlafen lachte er ein paarmal kurz auf. Dann schlief er vor Erschöpfung endlich ein. Es plätscherte noch ein wenig auf das Blechdach, und die raue See tat das ihre dazu: Wie unwirkliche, ferne Musik rauschte es in seinem Hirn. Dann schwarz.

Zweiter Teil.

Der Kommissar staunte nicht schlecht! Was sich da vor seinen Augen abspielte, war fast nicht zu glauben: Mitten im Trubel der Altstadt von Mallorca stand ein Drehorgelspieler und kurbelte seine jammernden Melodien in die Straßenschlucht. Auf der Drehorgel oben drauf hockte ein kleiner Affe und sprang plötzlich wie von der Feder geschnellt auf und wichste die Leute an! Pfui Teufel, der Kommissar Schneider musste sich seinen gerade aus der Reinigung geholten Trenchcoat mit seinem Strunztuch abwischen. Aber was sollte er machen? Er regte sich fürchterlich auf. Er hatte seinen Pepitahut aufgesetzt, damit er ihn gegebenenfalls tief in die Stirn ziehen könnte, wenn Nicole auftaucht, denn sie wusste von seiner Anwesenheit auf der Insel natürlich nichts. Letzte Nacht war er zu dem Entschluss gekommen, nach Mallorca zu fliegen. Er fliegt äußerst ungern, der Kommissar. Aber was er sich sonst am Ende so durch den Kopf gehen lässt, ist ja eine Zumutung. So wollte er an Ort und Stelle sehen, wie es seiner Tochter geht, und dann entscheiden, ob sie weiterhin dort sein darf oder nicht. Seine Frau war dagegen, dass er sich wieder einmischt, aber er war zu sehr Kriminalist, als dass er sich nicht vorstellen konnte, was sich mit einer Zwanzigjährigen so alles abspielen kann, angefangen von nächtelangem Strip-Poker bis zu Sexualmord.

Der kleine vergammelte Saal eines Stadtteilzentrums. Draußen vor der zweiflügligen Holztür des Gebäudes stapelte sich der Unrat, eine Ratte durchwühlte mit Fleiß den Müll nach Essensresten und fand eine noch intakte Tortellino mit Fleischfüllung an Parmesankäse in einer Holundervinaigrette. Satan Loco wiegte sich im Takt der lauten Rockmusik, die von innen herausdrang. Er lehnte rauchend mit dem Rücken an der Regenrinne und sog das Nikotin mit eingezogenen Backen ein. Er konnte nach drinnen sehen, wo ein paar Leute versuchten, sich zu dem Sound zu bewegen. Satan Loco fixierte eine üppige Blondine mit ausdruckslosem Teint. Sein Auge flackerte im wilden Lichtschein der bunten Aluspots. Die Blonde drehte ihm den Rücken zu und saugte mit ihrem Strohhalm an einem Cuba Libre. Dabei wackelte sie unmusikalisch immer mal wieder nach links und rechts mit dem Kopf. Der grauhaarige Sänger der Band »Los Alamos« sang mit Inbrunst einen Slowblues. Der Text handelte von Verlogenheit und Neid. Die Gitarre knackte heftig im Verstärker, das Kabel hatte einen Kurzschluss. Dann setzte das Saxophon ein. Satan Loco zog seinen Tabak aus der Innentasche seiner Fransenlederjacke und begann mit dem Ritual. Zigarettendrehen. Er sah auf, mit der Lasche der Packung zwischen den Lippen und den Tabak in das Blättchen einarbeitend, als der Saxophonist sein Solo begann. Mit verkniffenem Mund quetschte sich der Musiker sein Horn ins Gesicht. Dann strahlte ihn der Verfolgerscheinwerfer an, er bemerkte es und blies, als wäre dies das Zeichen gewesen, wie ein Berserker in sein teures französisches Instrument. Die Zuschauer hielten sich die Ohren zu, weil die PA total übersteuerte. Satan Loco wandte sich ab und ging um das Gebäude herum, um zu pinkeln. Er kam zum Schlagzeugsolo zurück, das ihm zu gefallen schien. Ach, wäre er doch einer von denen, dachte er, wie gerne würde auch er auf so einem Schlagzeug rumhauen oder sogar Sänger in einer Band sein. Er begann mitzusingen.

»… heya heya heya heya heya heya heya heya heya heeeeee …«, grölte er vor sich hin und wand sich dabei wie eine Moräne vor ihrem unterseeischen Felsvorsprung. Dann knipste plötzlich ein Mann in einem grauen Kittel das Saallicht an und rief:

»Feierabend!«

Der Hausmeister. Die Jugendlichen packten ihre Mäntel, Schlafsäcke und Taschen zusammen und verließen in Grüppchen den Saal. Satan Loco versteckte sich hinter den Mülltonnen und versuchte, noch nicht einmal zu atmen. Seine Zigarette hielt er dabei mit ausgestreckten Fingern nach unten, während er durch die Stirnlocke seines tief gesenkten Kopfes auszumachen versuchte, wann alle das Gelände verlassen hätten. Als er allein im Dunkeln zurückblieb, rann eine Träne über sein Gesicht und suchte den Weg in die Unendlichkeit. Satan Loco war sehr traurig. Musik machte ihn weich, die Musik war es, die er liebte und die er irgendwie verstand.

Noch bis spät in den Morgen hinein trommelte er heimlich und leise auf den verlassenen Instrumenten herum. Im Dunkeln. Er hatte sich Zutritt verschafft durch eines der kleinen Toilettenfenster. Hatte die Scheibe mit der Hand rausgedrückt und war eingestiegen.

»Gib mir die Kraft, lass mich mit deinen Augen sehen und den Weg mit dir gemeinsam gehen, du gibst, wenn du liebst, oh ich möchte deinen Atem spüren, Lady Doreen!«[*]

Der Text, den er sich hatte einfallen lassen, war auch gar nicht so schlecht dazu. Er bekam Hunger und häutete eine Ratte, die er mit einem Satz ins Gebüsch fing, spießte sie auf ein Stöckchen und machte ein Feuer, um das Mahl zu braten. Dazu gab es Endiviensalat, allerdings diesen wiederum nur in seiner Phantasie. Ja, das konnte er, Sachen aus der Phantasie in seine Essgewohnheiten integrieren.

An manchen Tagen hatte der Kommissar etwas sehr Menschliches. Auf dem Markt von Palma de Mallorca kaufte er Bananen und einen Beutel Zitronen. Die waren zwar noch grün, aber es gab nichts anderes. Hier brauchte man nur das Obst ein paar Stunden ans Fenster zu legen – und es hatte das Grün abgelegt. Er hatte kalte Beine, das lag an seiner allgemeinen Verfassung. Der Flug hatte ihm zu schaffen gemacht, bei der Lan-

---

[*] Text und Musik: Satan Loco

dung hatte er sich erbrochen in eine der Kotztüten, er dachte, es könnte sich um leer getrunkene Milchtüten handeln, da wurde ihm erst recht schlecht. Die Maschine setzte mit Nachdruck auf, und die Reifen quietschten laut. Der Kommissar wurde sofort als Erster über die Gangway an die frische Luft gelassen. Jetzt also war er auf dem Markt. Er schlenderte noch ein wenig durch die Stadt, mal hier, mal da schaute er sich die Auslagen der vielen Shops an, er wollte sich vielleicht eine Uhr kaufen. Seine alte Uhr ging seit einiger Zeit nach. Es war eine dieser chinesischen Billiguhren, die teuer aussahen. Das ist nichts, hatte seine Frau noch gesagt. Ach, er wollte sie ja noch anrufen und sagen, dass er gut angekommen wäre und wie das Wetter sei. Er fragte nach dem Weg zur Post.

»Buenas tardes, esta possible tu ääähh … la post, ich meine … corriera, ne, heißt das richtig so? Entschuldigung, sprechen Sie Deutsch?«

Die Frau mit dem Rollator sprach natürlich Deutsch.

»Gehen Sie immer hier in dieser Richtung weiter, nächste Ecke ist die Hauptpost, die haben aber schon zu.«

Wie – schon zu? Der Kommissar war verwundert, es war erst halb eins.

»Warum denn?«

»Weil die hier Siesta machen, um Viertel nach fünf machen die wieder auf.«

Ach so. Kommissar Schneider wandte sich ab und betrat ein Café. An der Wand hing ein Plakat von dem Film »20 000 Meilen unter dem Meer« von Jules Verne,

Kommissar Schneider erkannte James Mason und Kirk Douglas in der Nautilus.

»Buenas tardes, ein Kaffee con letsche, por favor, signora.«

Die Frau hinter der Theke war ein Mann, er hatte nur etwas längere Haare, aber der Kommissar war kurzsichtig. Der Typ meinte, der Kommissar wäre eine Art Komiker, und lachte widerwillig ein paarmal.

»Sinte Sie ä deutsch?«

»Ja, ich bin Deutscher. Ich komme aus Deutschland.«

»Ahhhh! Schönnee Land, meine Bruder war inne Stuttgart, Merzdes, errä iste tot. Krebse.«

Dabei schaute er traurig auf das Glas, das er gerade abtrocknete.

»Ja, errö ware eine wunderbaahre Kerl.«

Der Kommissar sagte nichts darauf. Er verbarg sein Gesicht hinter dem riesigen Glas Milchkaffee. Wie kann man so offenherzig über diese fürchterliche Krankheit sprechen. Er dachte auch sofort an seine eigene Gesundheit. Was ist das denn eigentlich immer für ein Stechen in der Bauchgegend? Er untersuchte mit der rechten Hand die Stelle, versuchte herauszufinden, ob es, wenn er da draufdrückt, wehtut. Fehlanzeige. Nichts. Irgendwie verdächtig, dachte der Kriminalist. Dann machte er in Gedanken eine Handbewegung, als wolle er sagen: »Ach, Schwamm drüber, ich habe nichts.«

Diego, der Kellner, unterhielt sich ein wenig mit Kommissar Schneider. Er wollte herausfinden, wel-

chen Beruf er ausübt, biss aber bei Kommissar Schneider auf Granit. Ansonsten hätte er es Diego ja gesagt,
aber hier, so undercover, vielleicht kannte der ja seine
Tochter. Nein, lieber wollte Kommissar Schneider noch
anonym bleiben, auch wenn es ihm albern vorkam. Er
schnippte eine Zigarette aus der Packung und wollte sie
gerade anzünden, da verdunkelte sich der Eingang des
Cafés, und zwei Polizisten betraten das Lokal. Sie nahmen sofort von dem Vorhaben Kommissar Schneiders,
hier jetzt zu rauchen, Notiz und schrieben ihm trotz
seines Protestes einen Strafzettel aus wegen Verstoßes
gegen das Anti-Raucher-Gesetz, das besagt, dass niemand in ganz Spanien an irgendeiner öffentlichen
Stelle rauchen darf. Und wenn er nicht sofort bezahlen
würde, müsste er mit zur Wache. Kommissar Schneider
hatte noch nie eine spanische Polizeiwache von innen
gesehen. Aber er wollte nicht riskieren, vielleicht ein
paar Stunden festgehalten zu werden, wer weiß, was
die sich ausdenken, um ihn dazubehalten, also zahlte er
den Betrag von 67 Euro und 40 Cents. Er musste auch
seinen Ausweis zeigen, und da sahen die Kollegen, dass
er in demselben Beruf arbeitete wie sie.

»Hier, Herr Kommissar, noch einen schönen Auf-
enthalt bei uns!«, sagte einer der beiden freundlich.

Der Kellner argwöhnte und machte sich daran, die
Spülmaschine auszuladen. Ab da fiel kein Wort mehr.
Kommissar Schneider machte sich auf den Weg zu der
Ferienanlage, wo er Nicole vermutete. Die Adresse ei-
ner Reiseagentur auf einem Papierschnipsel, den er in
der Küche gefunden hatte, hatte ihn auf die Insel auf-

merksam gemacht, und nach einigen Erkundigungen hatte er herausbekommen, dass die Reisegesellschaft ausschließlich in diesem Ferienwohnkomplex auf der Westseite der Insel ihre Gäste unterbringt. Na, dann mal los, Herr Kommissar.

Nicole lag noch im Bett. Ihre zerzauste Frisur unter sich begraben. Sie hatte Mundgeruch, am Abend vorher die vielen Tequila waren ihr nicht bekommen, ihr war dermaßen schlecht gewesen, dass sie kotzen musste, und zwar beim Verkehr mit dem angeblichen Fotografen in diesem Hotel. Dann waren sie zu ihr gegangen, in ihr kleines Appartement, das war ihr angenehmer. Sie hatte ein schlechtes Gewissen: Wie oft hatte ihr Vater sie vor solchen Typen bewahren wollen, aber sie konnte ja nicht hören. Auf dem Foto, das neben ihrem Bett auf dem Tischchen stand, guckte der Kommissar so, als wolle er sagen: »Wer meine Tochter anpackt, bekommt es mit mir zu tun!«

Jetzt war der Typ verschwunden, mitsamt seiner Fake-Kamera. Hauptsache, er hatte sie einmal ordentlich durchgepoppt, dieser verdammte Lügner. Nicole konnte sich kaum bewegen, sie streckte ein Bein unter der Bettdecke hervor, um zu schauen, ob es warm oder kalt draußen war. Es war schon Mittag und unheimlich heiß mittlerweile. Auch deshalb hatte sie einen dicken Brummschädel. Sie kam langsam in die Gänge und schleppte sich in die kleine Küche des Appartements.

Dort lagen ihre Strümpfe und der Tanga, der mit dem Elefanten vorne drauf. Sie nahm ihn vom Boden auf und weinte.

»Arschloch!«, entfuhr es ihr schluchzend.

Auf dem Küchentisch lag ein Zettel, darauf stand: »Ich möchte dich gerne wiedersehen und dir alles erklären. Paco.«

So, so, besaß er etwa doch Anstand? Die Sache mit dem gefakten Shooting? Wie kommt man auf so etwas? Das Zimmer zu mieten in solch einem teuren Hotel? Nachher waren die beiden noch in der Pavement Bar gelandet, wo er ihr einen Tequila Sunrise nach dem anderen ausgab. Und anschließend, wie soll es auch anders sein, zu ihr in das Appartement und sofort ins Bett. Die Kamera war jetzt nur noch stiller Beobachter, ohne Funktion. Aber auch vorher hatte sie keinerlei Funktion gehabt, sie war nämlich nur eine Attrappe, aber Nicole wusste davon nichts. Sie war verliebt, dachte sie wenigstens. Bis eben. Der neue Tag brachte die Enttäuschung mit dem Sonnenaufgang. Sie hatte ihn nämlich telefonieren hören, frühmorgens um vier, in der Küche, am Tisch, wo er eine Zigarette rauchte und noch schnell ein Wasser trank, bevor er anscheinend zur nächsten Verabredung überging. Ihr Selbstwertgefühl litt. Doch der Zettel auf dem Küchentisch, was bedeutete er denn? Hatte er sich vielleicht auch in sie verliebt, konnte aber zunächst mit dieser Situation nicht umgehen, hatte er eine Beziehung, die nicht so gut lief, wollte er sich mit der anderen so früh treffen, um mit ihr Schluss zu machen? Und wenn, dann wäre sie zu schade für eine neue Beziehung ohne eine kleine Verschnaufpause, das geht nie gut, hatten ihr ihre Freundinnen erzählt, die schon jede Menge Erfahrungen mit Jungens hatten. Ach, wäre doch ihr Papa da, sie weinte fürchterlich. Wenn Kommissar Schneider das gesehen hätte, hätte er sich vielleicht nicht zu helfen gewusst und ihr eine gescheuert. Ihr verheultes Gesicht sprang sie beim Vorübergehen aus dem Badezimmerspiegel an. Danach legte sie sich wieder hin, völlig fertig. Sie stand noch einmal auf, um sich eine Ovomaltine zu mixen. Da sah sie aus dem Fenster ihren Vater, den Kommissar Schneider, über die Straße hechten. Sie glaubte ihren Augen kaum, aufgeregt wollte sie das Fenster öffnen und ihn rufen, doch blitzschnell überlegte sie es sich anders, er sollte sie so in diesem Zustand nicht zu Gesicht bekommen, deshalb ließ sie vorsichtig die Jalousien herunter und versteckte sich unter der Bettdecke.

Der Puma Legumes legte seinen Kopf auf den linken Oberschenkel von Satan Loco. Er wollte gestreichelt werden. Satan Loco begriff nicht sofort, erst nach mehrmaligem Stupsen mit der Nase begann er, das Raubtier zu kraulen. Legumes ließ es mit versteinerter Miene geschehen. Er schloss die Augen und träumte von Nagern und Huftieren, die er mit ein paar Sätzen, die er hinter ihnen herjagte, stellte, zu Fall brachte, mit seiner gewieften Erstickungstechnik tötete und anschließend verzehrte. Ihm lief das Wasser im Mund zusammen. Zeitweise dachte er, dass er sich ja auch bequem über Satan Loco hermachen könnte. Ein kräftiger Biss in den Oberschenkel zum Beispiel, direkt in die Aorta, oder noch besser, weil sportlicher, ein wenig vor sich herjagen und schließlich mit der ausgestreckten Pfote zu Fall bringen und dann aus Jux und Tollerei einfach die Stirn wegreißen, mitsamt dem Haaransatz und den langen, fettigen Strähnen des Einzelgängers.

Kein Mensch würde sich um das Verschwinden des Mannes scheren. Aber Legumes hatte ein Herz. Er war ja sein Freund, sein bester Freund. Dem tut man nichts, auch wenn man noch so Hunger hat. Als wollte er sich bei Satan Loco für seine Gedanken entschuldigen, drückte er ihm seinen Kopf noch fester in den Schoß. Satan Loco rauchte. Er schaute gen Himmel, die Sonne machte Anstalten unterzugehen. Jetzt dauerte es nicht mehr lange, dann wurde es schlagartig kalt hier am Meer. Das Rauschen der Wellen faszinierte ihn, es war wie Musik. Der Sand roch nach Fisch und Tang, ein unverwechselbares Gemisch für die Sinne von Mensch und Tier.

Ein alter, verwitterter und ausgehungerter Hund trieb sich am Ufer entlang und traute sich sogar in die Nähe der beiden. Sogar vor Legumes hatte er keine Scheu. Er hatte bernsteinfarbene, für einen Hund außergewöhnlich große Augen. Satan Loco hatte ihn schon vor Stunden dabei beobachtet, wie er sich an einem großen gestrandeten Seefischkadaver den Bauch vollschlug. Jetzt hing sein Bauch fett von dem beschriebenen Gerippe bis fast auf den Boden. Ein Festmahl für den Vagabunden. Von Weitem konnte man seinen eigenartigen Gestank wahrnehmen. Legumes verzog die Lefzen. Er machte aber keine Anstalten, von seinem angenehmen Platz aufzustehen und den Hund zu erschrecken. Der wäre wahrscheinlich gar nicht über den Puma verwundert gewesen, denn er hatte schon viel gesehen in seinem langen, langen Leben. Mit dürren, zittrigen Beinen trottete er an der Szene vorbei und verschwand nach einer Weile als immer kleiner werdender Punkt am Horizont.

Satan Loco dachte an die Zeit, als er ein kleiner Junge war. Seinen Vater kannte er nicht, er war vor seiner Geburt von seinem Schwager erschossen worden, Russisch Roulette, hatte es geheißen. Satan Loco wusste nicht, was das bedeutete. Er war zu klein, als man es ihm zum ersten Mal erzählte. Seine Mutter zog mit ihm aus dem Dorf weg, nachdem der Vater beerdigt worden war. Sie war vollkommen mittellos, und so konnte man es ihr auch nicht verübeln, dass sie eine Zeit lang anschaffen ging. Für Satan Loco gab es zu dieser Zeit keinen Menschen, der auf ihn aufpasste oder ihn gar erzog. Er musste sich selbst erziehen.

Tagelang streifte er also durch die Gegend und schoss bereits im Alter von fünf Jahren sein erstes Perlhuhn mit der alten Pistole seines Vaters, die seine Mutter ihm zum Spielen gegeben hatte. Er grillte es auf dem offenen Feuer, genau dort, wo er es erlegt hatte. Ab da ernährte er sich immer ohne fremde Hilfe. Um an Lebensmittel zu gelangen, die er in den Auslagen der Schaufenster der damaligen Tante-Emma-Läden bestaunen konnte, lernte er auch schnell das Einbrechen. So hatte er bereits im zarten Alter von zehn Jahren mehr als tausend Einbrüche in Geschäfte, Fußballvereine und Villen hinter sich. Nie wurde er gesehen, nie für irgendeinen Einbruch oder Diebstahl verdächtigt. Er tat es immer im Morgengrauen, wenn das Licht zu schummrig ist, um für das normale Auge Umrisse und Farbnuancen sichtbar zu machen. Außerdem schliefen die meisten um diese Zeit.

Mit den Jahren kehrte er seiner Mutter immer mehr den Rücken zu, verstand überhaupt nicht, wieso sie sich so erniedrigen konnte, mit fremden Männern zu schlafen. Es war immer noch seine Mutter, so konnte er keinen Ekel für sie empfinden, aber er ekelte sich dafür umso mehr für die Art des Geldverdienens, der sie sich unterstellte. Ein hoffnungsloser Fall, denn sie tat es auch noch ganz gern. Es machte ihr Spaß, Männern den Kopf zu verdrehen und sie um den Finger zu wickeln. Teilweise arbeitete sie auch mit Erpressung. Satan Loco war das Ganze ein Graus. Er wollte endlich von seiner Mutter weg, doch schaffte er es erst, als sie starb. Er begrub ihren Leichnam unter dem alten Apfelbaum, den er mal vor Jahren in der Sierra gepflanzt hatte, um zu sehen, ob er Früchte tragen würde trotz der sengenden Hitze. Da lag seine Mutter nun unter einem verdorrten Obstbaum, dessen Äste niemals mehr grünten.

Ab und an bekam Satan Loco den Drang, da mal hinzufahren. Dann bestieg er sein Motorrad und jagte die ganze Strecke, immerhin sechshundert Kilometer, im Höchsttempo über die Autobahn, mit hochgebogenem Nummernschild, damit, wenn er mal geblitzt würde, niemand ihn identifizieren konnte. Heute war es wieder so weit. Der Fahrtwind drückte ihm den Kopf nach hinten, und er konnte damit rechnen, nach zweihundert Kilometern Halsstarre zu bekommen. Das war ihm egal. Wie oft hatte er sich schon auf die Art und Weise diese Halsstarre eingehandelt. An einer kleinen Anhöhe hielt er kurz an, um sich den Reißverschluss seiner Harro-Jacke bis zum Hals ganz nach oben zu ziehen, weil es gegen Abend doch sehr kalt wurde. Sobald die Sonne über die Berge sank, wurde es richtig kalt.

Leicht fröstelnd nahm Satan Loco wieder Fahrt auf und drehte den Gasgriff bis zum Anschlag. Ein paar plötzlich auftretende Schlaglöcher schossen ihm von unten in die Knochen, sodass er einen brennenden Schmerz in der Wirbelsäule fühlte. Noch circa hundertzwanzig Kilometer, dann war er am Ziel. Eine Stunde später bog er von der Autobahn in die Einöde ab. Nach ungefähr vier Kilometern war er am Ziel, ein kleines Dorf am Fuße des »Dos Hermanos«, mit über achthundert Metern der höchste Berg hier in der Gegend. Er hatte zwei Gipfel, daher der Name.

Satan Loco schaute hinauf, ein Adler zog seine Kreise. Vielleicht gab es hier Mäuse oder sogar Rehe. Adler jagen nicht wirklich, sie warten, bis sich unten in der Tiefe etwas bewegt, und sie können aus zehn

Kilometern Höhe eine Maus von einer Ratte unterscheiden. Dann lassen sie sich einfach wie ein Stein vom Himmel herabfallen, und der Rest ist nur noch reine Zielsache. Der Adler ist so schnell in seinen Reaktionen, dass er sich ruhig mal verrechnen kann, wenn seine Koordinaten nicht stimmen, korrigiert er sie im Fallen. Satan Loco verschränkte seine Arme auf dem alten Holzzaun des Friedhofes. Hier also lag sie. Er sah sich vorsichtig spähend um, dann stieß er das Friedhofstürchen sanft auf und verschaffte sich Eintritt in die Welt der Schlafenden. Der Tod hatte für ihn eine besondere Bedeutung. Damit war für ihn das Leben nicht zu Ende. Es gab kein Ende. Der Tod war einzig und allein ein Ausruhen vor noch größeren Taten als der des Menschseins.

Da war das Grab seiner Mutter, deutlich zwischen den anderen Gräbern zu sehen. Es war schon lange Zeit nicht mehr gesäubert worden. Das war Sache der Angehörigen, und er kam so gut wie nie hierhin. Er kniete sich nieder und begann, Unkraut zu ziehen. Seine nackten Arme tauchten immer wieder in die hohen Brennnesseln, und er verbrannte sich stark. Doch das war gut gegen Rheuma, das wusste er von einem alten Gärtner, den er mal kennengelernt hatte, als er noch des Öfteren nach Amerika gefahren war, in der Bodega am Columbusplatz. Es gab zwei dort, er war immer nur in der auf der anderen Straßenseite. Dort gab es morgens Churros, der einzige Grund für ihn, vielleicht noch mal in die Stadt zu fahren. Aber diese Bodega existierte schon nicht mehr.

Die Nacht brach herein auf dem kleinen Friedhof, und nun konnte Satan Loco auch nicht mehr, seine Arme waren lahm geworden vom vielen Unkrautrupfen, das Grab sah auch schon wieder ganz manierlich aus. So streckte er sich einfach auf dem Boden lang aus und schlief ein.

Der Mond lugte hinter einer Wolkenwand hervor und beleuchtete die Szene gespenstisch, als sich in der frisch aufgeworfenen Erde des neuen Grabes, das direkt an das Grab der Mutter anschloss, etwas regte. Satan Loco wurde sofort wach, er hatte nur einen Ammenschlaf, seitdem er in der Sierra lebte. Er schreckte hoch und zog blitzschnell sein Messer aus dem Gürtel, hielt es mit angewinkeltem Arm abwehrend in die Richtung, aus der die Geräusche kamen. Aber was war das?! Eine Hand streckte sich aus der Erde, dann der ganze Arm, eine Schulter kam nachgerückt, und mit letzter Kraft versuchte der Kopf zu erscheinen! Satan Loco behielt die Nerven, es musste sich um einen Scheintoten handeln! Er zog an dem Arm, und peu à peu kam der ganze Mensch an die Oberfläche! Kein Zweifel, es handelte sich um einen Scheintoten, der versehentlich begraben worden war, ohne dass er ordentlich untersucht worden war! Schwer atmend sah ihn der Mann an, Satan Loco versuchte seinem Blick zu entrinnen, denn er kannte ihn! Es war der Kurzwarenverkäufer, der samstags auf dem Markt immer sein Zeug verkauft hatte, als Satan Loco noch in der Stadt wohnte. Nähgarn, Schnürsenkel, Schuhcreme, Wäscheleine, Pflaster, Streichhölzer, kleine Küchenartikel wie Schwämme und Quirls, alles so ein Krimskrams. Er musste ihn erkannt haben, denn er lächelte schwach, bevor er die Augen wieder schloss und in den Armen Satan Locos einschlief vor Erschöpfung. Ob er stirbt? Ein zweites Mal? Satan Loco ließ ihn vorsichtig auf den Boden gleiten und deckte ihn mit seiner Harro-Jacke zu. Soll er seinen Frieden haben.

»Ich glaube, er stirbt.«

Sagte plötzlich eine Stimme aus dem Off. Satan Loco warf sich auf die Seite und ließ sein Messer blitzen. Dann sprang er auf und stürzte sich auf den unbekannten Redner. Der war stark genug, Satan Loco zu Boden zu werfen. Dann rannte er weg, Satan Loco versuchte hinterherzusprinten, aber der Unbekannte war schneller.

Als Satan Loco zurück an die Stelle kam, wo der Kurzwarenhändler gelegen hatte, war dieser weg. Nichts zu sehen und zu hören weit und breit. Merkwürdig. Eine wirklich merkwürdige Begegnung, dachte Satan Loco. Vielleicht hatte er es sich in seiner Phantasie einfach so ausgemalt? Vielleicht war es ein Tagtraum. Er machte sich mit seinem Motorrad auf den Weg zurück in die Sierra Nevada. Ein weiter Weg, doch hier wollte er jetzt nicht mehr bleiben. Es war ein Albdruck, den er verspürte. Schlimmer als seine immer wiederkehrenden Horrorträume, in denen er mit nassen Bettdecken zugedeckt wird und sich entwinden muss, dann zündet man sein Motorrad an, und er wird ausgelacht, weil er versucht, es mit seinem Urin zu löschen.

Der kalte Nordwind peitschte ihn durch die Dunkelheit vor sich her, er ließ den Hauptscheinwerfer ausgeschaltet, wollte nicht gesehen werden. Er wollte jetzt allein sein. Der blanke Asphalt dröhnte unter dem dunklen Gebrüll des Motors, als Satan Loco sich durch den endlos langen, hin und her gekrümmten Pfad der Autostraße wand. Der silberne Mond legte seine schillernden Hände über unbeschreiblich schöne Landschaften.

Der Morgen kam und mit ihm der Verkehr. Satan Loco war noch lange unterwegs, bis der Straßenverkehr fast außer Rand und Band zu geraten schien. Nur schnell nach Hause, dachte der Getriebene, und endlich, endlich wuchsen die beiden blauen Blechschilder in den Himmel, die seine Abfahrt ankündigten. Noch dreihundert Meter, dann raste er mit kaum verminderter Geschwindigkeit in die enger werdende Kurve die Ausfahrt herunter, hielt am Verteilerkreis, um einen Kalklaster vorbeizulassen, und ordnete sich dann rechts ein in Richtung Sierra Nevada. Er roch den Staub, der zwischen den Tausenden von Tomatenfeldern hochfliegt, zerrte am Gas und flog nach Südwest. Eine Formation bunt bemalter Tauben überholte ihn und segelte in einer plötzlichen Kehrtwende rechtsum, verschwand wieder. Eine dieser Tauben wird heute ihrem Besitzer eine Menge Geld einbringen, dachte Satan Loco und stelle sich vor, wie die Taube beim Bemalen des Gefieders mit Autolack sich windet und dreht und entkommen will, sie aber von derben Händen gehalten wird, bis sie fertig ist. Auch ein merkwürdiger Brauch, der so gar nicht mehr in unsere Zeit passen will. Satan

Loco saß jetzt über zwanzig Stunden im Sattel, ihm tat der Hintern weh, und er wollte nach Hause.

Zu Legumes, der schon sehnsüchtig wartete. Nervös streifte er auf und ab, immer mit der Nase nach oben, ob er ihn riechen könne. Und da, der Geruch! Das Motorrad. Legumes nahm im Lauf Geschwindigkeit auf und stürmte Satan Loco entgegen, der jetzt am Horizont eine dünne blaue Benzinfahne hinter sich herziehend und Staub aufwirbelnd auftauchte, sie trafen sich in der Mitte der Talsenke. Satan Loco stieg von der Maschine herunter, öffnete den Reißverschluss seiner Harro-Jacke und warf dem Puma ein Kaninchen hin, ins geöffnete Maul des Tieres. Dann stieg er wieder auf und fuhr den Rest des Weges bis zu der Felswand hin, wo er sein Lager in letzter Zeit aufgeschlagen hatte, nicht viel, ein Kassettenrekorder, eine Trommel, ein Schlafsack und eine Matratze, dazu ein Korb, in dem er sein sonstiges Hab und Gut untergebracht hatte. Alles lag einfach so rum, hier kam keiner hin. Und wenn, dann passte Legumes auf die Sachen auf. Er war unbestechlich.

Eine Zigarette. Das passt jetzt gut.

»Papa, ich will nach Hause.« Kommissar Schneider hielt seine Tochter im Arm. Sie heulte wie ein Schlosshund. Die Tränen liefen dem Kommissar sogar über den Mantel, den er trotz des schönen Wetters immer dabeihatte. Er dachte nicht daran, den Trenchcoat zu Hause zu lassen, auch wenn es auf Mallorca heiß werden würde, wie ihm seine Frau und der Wetterbericht im Fernsehen prophezeit hatten. Schwitzend hatte er sich durch die ganze Stadt gequält, nachdem Nicole offensichtlich vor ihm geflüchtet war, denn er hatte sie an der Ecke überrascht, hatte zwei Stunden auf sie gewartet, draußen, vor ihrem Appartement, er hatte sich schon gedacht, dass sie sich versteckt hält, die Jalousien waren heruntergezogen, aber er wollte nicht mit Gewalt die Tür eintreten. Dann wäre sie sicherlich noch verstörter gewesen. So rannte sie vor ihm weg, als sie ihn entdeckte, er hatte Mühe, ihr zu folgen. Jetzt hatte er sie eben vor einem Bankautomaten gestellt, als sie im Begriff war, 400 Euro zu ziehen. Eigentlich war sie froh darüber, und jetzt verschaffte sie ihrem Herzen Luft und weinte.

»Dann sag mir mal, wie der Typ heißt, ich schaue mal im Register nach, vielleicht finde ich ja was über ihn.«

Sie hatte ihm von Francisco erzählt und wie er sich ihr gegenüber verhalten hatte. Der Kommissar war empört. Er konnte sich kaum halten vor Wut. Wenn dieser Kerl ihm über den Weg läuft, machte er kurzen Prozess mit ihm, wofür hatte er denn Jiu-Jitsu studiert, als er auf der Polizeischule war. Kommissar Schneider schlug seiner Tochter vor, nach Hause zu fliegen. Er würde noch eine Woche vor Ort bleiben, um Informationen über ihren vermeintlichen Liebhaber zu bekommen. Sie willigte zögernd ein. Sie hatte von der Insel die

Nase voll, wollte aber nicht, dass ihr Vater allein hierbleibt, weil sie sich auch Sorgen um ihn machte, er war ja nicht mehr der Jüngste. Er wehrte aber heftig ab und bestand darauf, dass sie flöge. Er brachte sie zum Flughafen und achtete darauf, dass sie nicht den geilen Blicken der Leute ausgeliefert war, er knotete ihr ein Kopftuch über die Haare, und sie musste seinen Trenchcoat tragen, bis zur Gangway. Derart verhüllt wurde sie tatsächlich von Blicken verschont. Doch wohl fühlte sie sich nicht dabei.

Als die Maschine abhob, hatte der Kommissar einen dicken Kloß im Hals. Was ist, wenn sie abstürzt? Er sah ihr noch lange nach. Dachte an Reinhard Mey. Dieses Lied. Wie oft musste dieser Künstler das wohl schon gesungen haben. Dann verschwand das Flugzeug am Himmel, und die Sonne war wieder Alleinherrscherin über das helle Blau. Mit beiden Händen in den Taschen seines Mantels trottete er durch das Flughafengebäude, an der kleinen Kaffeebar vorbei, drehte sich kurz um, schaute auf die Uhr und entschied, noch einen Kaffee zu trinken. Er fläzte sich auf den Barhocker und bestellte in kaum zu verstehendem Spanisch einen Café con leche. Der Barkeeper reichte ihm dazu ungefragt süßes Gebäck, das der Kommissar nachher auch bezahlen musste. Da er aber kein Spanisch verstand, konnte er es nicht wissen und bedankte sich freundlich für die Aufmerksamkeit. Nach dem kleinen Mahl watschelte der Kommissar Schneider schwitzend die Straße entlang in Richtung Stadt. Er wollte kein Taxi nehmen, weil er Angst hatte, betrogen zu werden.

In der Gasse roch es nach abgestandenem Bier, Knoblauch und Zigarettenqualm. Jeremy stand vor dem Schaufenster des Spielzeugladens und beobachtete den Hubschrauber, der, an einem Nylonfaden aufgehängt, stetig im Kreis schwirrte und dabei ein surrendes Geräusch machte. Er schaute auf die Uhr. Gleich machte der Laden auf, es war kurz vor sechs am Nachmittag. Da, der Besitzer des Geschäftes machte sich daran, die Blechtür mit mehreren Schlüsseln zu öffnen. Es machte einen lauten Knall, als die Nase des Rollladenschlosses aus der Verschlussrille riss. Peng! Und dann rollten sich die angerosteten Blechlamellen langsam nach oben. Nun öffnete der Mann die Glastür, und Jeremy konnte eintreten. Nach einigem Verhandeln kroch der Verkäufer ins Schaufenster und befreite den Hubschrauber aus seinem ewigen Herumgekreise.

»Das ist der Letzte. Ich habe keinen Karton dafür. Ich packe Ihnen den Hubschrauber in eine Plastiktüte, ja?«

Jeremy nickte und sah dabei verstohlen auf den Boden. Er dachte, dass der Verkäufer sich wohl nicht bewusst war, gerade eine tödliche Waffe zu verkaufen. Trotzdem wollte er nicht zu sehr auffallen. Womöglich könnte man dann nachher seine Spur bis hierhin verfolgen, und das wollte Jeremy auf gar keinen Fall.

»Muchas gracias, Señor, hasta luego!«

Er schnappte sich die Plastiktüte und schritt hinaus aus dem Laden, da sah er, gerade noch rechtzeitig, um wieder zurückzutreten, den Kommissar Schneider, der auf dem Weg zu dem kleinen Souvenirladen war, um seiner Frau etwas Hübsches mitzubringen, die Gasse entlanggehen. Unverkennbar, in seinem hellbeigen Trenchcoat.

»Äh, ich habe noch etwas vergessen, Señor, ich hab dort hinten, hinter dem Regal ... ja, da vorne, ist das da ein Schaukelpferd aus Buche?«

Er interessierte sich überhaupt nicht für Schaukelpferde, aber so konnte er sich hinter dem Regal etwas verstecken, weil der Kommissar Schneider, als er an dem Spielzeugladen vorbeiging, seinen Kopf durch die Tür steckte und seinen Blick einmal durch den ganzen Laden gleiten ließ. Der Verkäufer war gerade damit beschäftigt, ein paar Flummibälle zu sortieren, und bemerkte ihn nicht. Der Kommissar, der Jeremy nicht sehen konnte, sagte nichts und ging einfach weiter. Jeremy atmete auf. Woher kannte er überhaupt den Kommissar? Nicole hatte ihm ein Foto ihres Vaters gezeigt.

»Mein Papa ist sehr bekannt, er ist Kommissar bei der Kriminalpolizei, Mordkommission, aber keine Angst, wenn du nichts auf dem Kerbholz hast, hast du nichts zu befürchten, haha!«

Sie lachte vergnügt, doch ihm war ganz anders zumute gewesen. Verdammt! Jeremy war geistesgegenwärtig gewesen, hatte sofort reagiert, obschon es ihm befremdlich vorkam, dass der Kommissar Schneider gerade heute auf der Insel weilte.

»Merkwürdiger Zufall ...«, murmelte er zu sich selber.

Der Verkäufer horchte auf, wollte Jeremy fragen,

was denn sei, da zerplatzte ein Kricketschläger, den Jeremy blitzschnell aus dem Regal gezogen hatte, auf seinem Schädel.

Der Kies knirscht unter seinen hellbeigen Sandaletten. Hoch ragt der Hut über seinem Kopf, der die Form eines überdimensionalen Eis aufweist. Stroh, schmale, vorn herabgezogene Krempe, hinten flach aufgestellt, hoch. Schultern wie Lammkeulen lugen aus einem hellblauen Unterhemd und halten an lang gestrecktem Arm eine Art Henkeleimer mit konischer, zylindrischer Form, darin schimmert es schwarz-bläulich, grünlich. Die große Nase des Mannes spendet seinem Besitzer Schatten auf dem harpunenförmigen Mund. Erbarmungslos knallt die Sonne auf die Szene, die Leichen in dem Rhombus sind eingelegt in einer Säure, mit Wasser vermischt.

»Guadda Morga!«

Der Mund des Schwaben grüßt freundlich, dann moved er mit steifem Schritt Richtung Toilettenanlage. Noch einmal dreht er sich um.

»Da hebbe wa abba viel kriggd de Woch!«

Die Fliegen auf dem Campingplatz sind eine Plage. Heinz Scholer hat sich etwas einfallen lassen. Er füllt Lockflüssigkeit, die er selber herstellt aus Weichkäse, Honig, Mehl und Limonade, in eine selbst gefertigte

Falle, ein Behältnis, dessen Öffnung sich nach innen hin vergrößert und einen gewulsteten Rand hat, und fängt damit so an die Hunderttausend Fliegen in der Woche.

»Kuckuck, kuckuck, kuckuck, kuckuck, kuckuck, kuckuck, kuckuck, kuckuck, kuckuck!«

Die Kuckucksuhr von Kommissar Schneider schlägt neun Uhr. Er steht bereits vor dem kleinen Gasherd und brät sich ein Rührei. Den Instantkaffee mag er nicht, doch hier gibt es keine andere Möglichkeit. Er will sparen und nicht im teuren Campingplatzrestaurant so viel Geld ausgeben. Seit vier Tagen hält sich Kommissar Schneider nun auf dem Campingplatz auf. Er hat auch schon Freundschaften geschlossen. Der nette Herr, der eben vorbeiging und so freundlich grüßte, hatte ihm gestern dabei geholfen, sein Chemieklo auszuleeren. Der Kommissar Schneider hatte so etwas noch nie gemacht.

Der Wind trägt ein wenig kühle Luft zwischen die dünnen Wände des Wohnwagens, den Kommissar Schneider sich geliehen hat. Eigentlich wollte er ein paar Tage im Hotel bleiben, doch das war hoffnungslos ausgebucht. Hätte er mal vorher reserviert. Aber er wusste ja da noch nicht, dass er hierbleiben würde. Sein Instinkt hatte ihn noch nie betrogen, und er wusste,

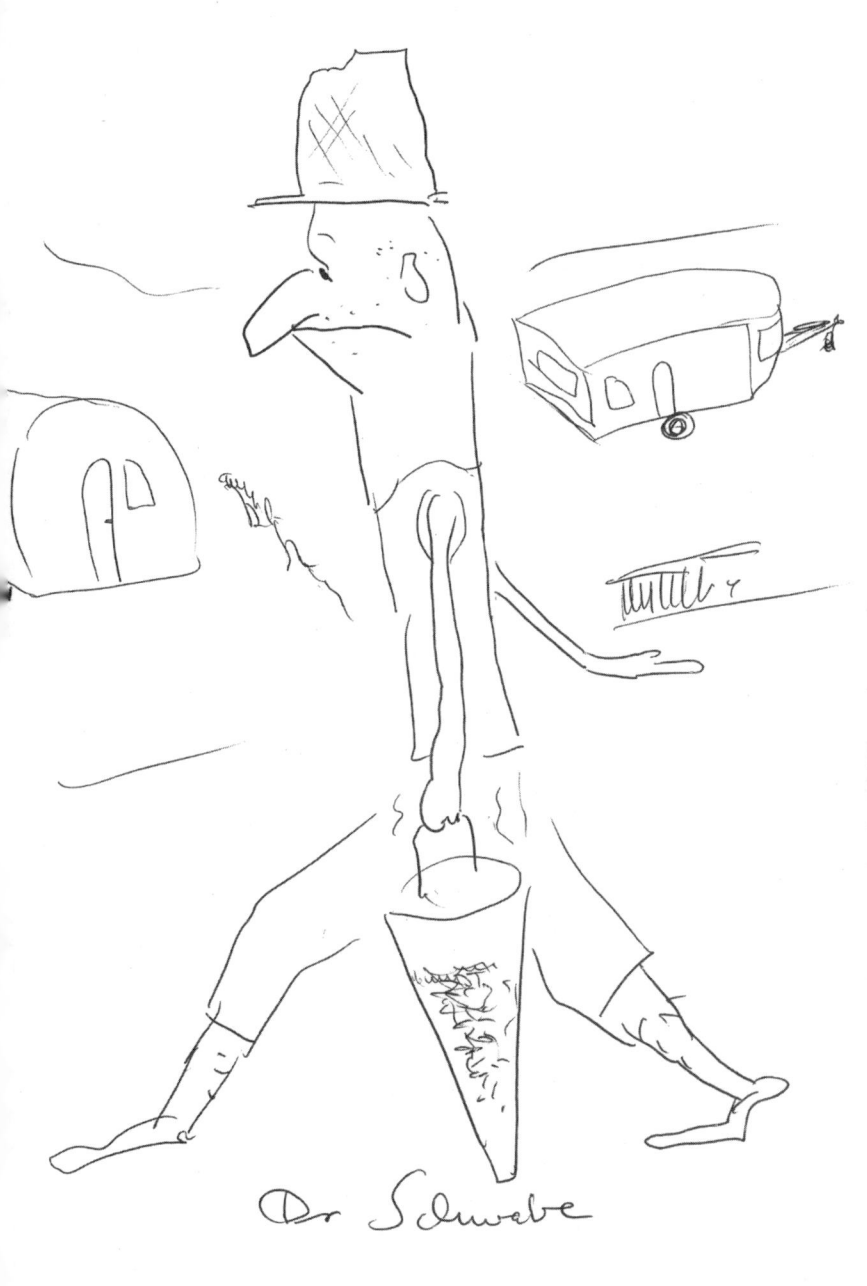

Dr Schwebe

dass etwas passieren würde. In absehbarer Zeit. Und so hatte er Helene angerufen und ihr von Nicoles Pech in der Liebe berichtet und dass sie von nun an etwas mehr Aufmerksamkeit seitens ihrer Eltern haben müsse. Sie, Helene, wäre jetzt ein paar Tage alleine für Nicole verantwortlich, er hätte in Spanien zu tun. Das stimmte zwar, doch der Kommissar wusste eigentlich noch gar nicht, was genau er zu tun hätte.

Zunächst einmal musste er warten. Auf eine Eingebung oder ein Ereignis, das war ihm noch nicht so ganz klar. Auf jeden Fall hatte er Ohrenschmerzen, seit er im Meer schwimmen war. Das hätte er wohl lieber nicht tun sollen. Es weht nämlich ein scharfer Wind am Strand, doch wenn die Sonne scheint, merkt man das nicht. Und wenn man im Wasser ein paar Züge geschwommen ist und rauskommt, sich abtrocknet, dann läuft man Gefahr, eine Mittelohrentzündung zu bekommen. Das wäre das Letzte, was der Kommissar jetzt brauchte.

Hinter dem Wohnwagen knurrte ein Hund. Seine bernsteinfarbenen Augen fixierten den kleinen Napf mit dem Katzenfutter, den Kommissar Schneider neben die Plastiktrittstufe gestellte hatte, in der Hoffnung, ein wenig Gesellschaft zu bekommen. Der Hund war riesengroß. Sein Maul troff vor Geifer, er musste noch heute, wenn's geht sofort, das Katzenfutter auffressen. Doch hatte er Angst, den Menschen zu nahe zu kommen. Er wartete lieber, bis Kommissar Schneider weg war. Doch musste er auch die Katzen in Schach halten, die immer wieder versuchten, zu dem Napf zu gelangen, aber an dem großen Hund war kein Vorbeikommen möglich. Der Kommissar hatte ihn nicht bemerkt. Er war damit beschäftigt, mit einem rot-weiß karierten Küchenhandtuch das Geschirr abzutrocknen. Sein Handy bimmelte.

»Schneider!?«

Kommissar Schneider stand mit offenem Mund da und hielt sein Telefon am Ohr.

»Das ist doch nicht möglich, Helene! Ich kann dich gut hören! Ja, hier ist schönes Wetter! Ich bin in Almería, auf dem Campingplatz! Was?? Ja! Gut! Hast du ein Handy mit Vertrag?? Was kostet das denn!! Nein!!! Das ist doch nicht möglich! Hast du unterschrieben!?? Das kann doch nicht wahr sein! Hallooo!! Halloooo???«

Der Kommissar war außer sich. Seine Frau hatte sich doch tatsächlich einen dieser seiner Meinung nach viel zu teuren Flatrate-Handy-Verträge andrehen lassen! Das Gespräch war plötzlich weg. Er schaute zum Himmel. Wo ist denn hier der Satellit. Er hielt das Handy Richtung Süd-Ost. Genau wie die Fernsehantenne, die er mithilfe von Herrn Scholer eingerichtet hatte. Man musste nur die Antennen der anderen Camper sehen und seine Antenne dann in etwa in dieselbe Richtung drehen. Aber auch der Winkel nach oben musste stimmen. Das hatte er im Laufe des Abends dann noch verbessern können, er war draußen an der Antenne gewesen, um sie feineinzustellen, hatte gleichzeitig das Fernsehbild im Wohnwagen selber sehen können und beobachtet, wie sich die Balken des Einstellungsmodus veränderten. Jetzt war das Bild perfekt.

Dass in die Toilette diese Flüssigkeit gehört, blau oder grün, das wusste der Kommissar aber nicht, und deshalb stank das Innere des Wagens schon nach einem Tag wie das Bärengehege des Duisburger Zoos.

Kommissar Schneider ging sich rasieren. Er schloss den Wohnwagen lieber ab, man kann nie wissen. In der Toilettenanlage roch es nach Chlor. Das Wasser hier war stark gechlort und ungenießbar. Wenn man Wasser zum Kochen haben wollte, ging man zu einem der Wasserhähne, die am Rand des Kiesweges aus der Hecke guckten, und entnahm mühselig, weil das Wasser sehr langsam lief, manchmal nur tropfte, in einer Plastikflasche oder Gießkanne etwas von dem kostbaren Nass, das nicht gechlort war. Ein großer Tankwagen brachte an den heißen Tagen fast täglich Nachschub für das Trinkwasserreservoir.

Als Kommissar Schneider mit zerschnittenem Gesicht wieder zum Wohnwagen kam, war das Katzenfutter weggefressen. Er vermutete, die Katzen hätten seine Abwesenheit genutzt, um den Napf leer zu fressen. Die waren bestimmt sehr scheu. Jaja, die bösen Menschen. Kommissar Schneider konnte ein Lied davon singen. Sein Beruf brachte ihn ja ständig mit dem Abschaum der Menschheit zusammen. Aber so viel konnte er nach den langen Jahren, die er als Kommissar bei der Kriminalpolizei und Mordkommission arbeitete, sagen: Die schlimmsten Typen, die, die anderen Menschen ohne Skrupel an den Kragen gingen, die waren merkwürdigerweise, bis auf ein paar Ausnahmen, tierlieb.

Sein Ohr schmerzte ihn immer mehr. Er legte sich

ein wenig auf die Seite, auf die kleine Sitzgelegenheit neben dem Gasherd. Er hielt sein Ohr mit der Handfläche zu, es pochte. Dann stand er auf und nahm eine Schmerztablette. Nachher ging es ihm etwas besser. Er hatte vor, am Nachmittag in die Stadt zu fahren und sich eventuell eine kurze Hose zu kaufen. Vielleicht auch ein T-Shirt. Er schwitzte sich in seinen Sachen ja schier kaputt. Das Nyltesthemd war längst nicht mehr in Mode, und die Strickweste, die er so gerne trug, mit der konnte er hier beim besten Willen nichts anfangen.

Satan Loco stand mit seinem Motorrad an der Einmündung des zweiten Verteilerkreises, der Richtung Almería-Ciudad zeigt. Drei Jungs mit Kinderfahrrädern bogen, von der anderen Nebenstraße kommend, auf den Verteilerkreis ein, unbeirrt von der Rushhour. Schnell durchzogen sie alle Linien und verschwanden wieder auf der anderen Seite des Kreises, in Richtung der neuen Siedlungen in der Nähe des Flugplatzes. Satan Loco staunte immer wieder über diese Jungs, die anscheinend keinerlei Respekt vor den großen, stählernen Karossen der Neuzeit hatten. Er lächelte, steckte sich eine Ducados an, nachdem er den Filter abgerissen und weggeworfen hatte. Der Wind kam von der Seite, sodass Satan Loco seine linke Hand vor das Feuerzeug halten musste, damit die Flamme nicht ausging.

Er zog den Kragen seiner Harro-Jacke hoch, nachdem er sich die brennende Zigarette in den Mundwinkel gestopft hatte. Seit zwei Stunden beobachtete er den Verkehr, sah sich genau die Leute in den Autos an. Als der Verkehr abebbte, stellte er sich auf den Kickstarter, trat durch und setzte seine Maschine in Gang. Satan Loco wollte sich mal wieder, wie er es alle halbe Jahre tat, in der Stadt sehen lassen. Was heißt ›sehen lassen‹ – ihn kannte ja kein Mensch.

Helene Schneider stand in ihrer Küche und probierte von dem Teig, den sie gerade fertig geknetet hatte, hmm, das schmeckt aber! Hefeteig war ihre große Spezialität. Sie wollte eine Pizza machen, mit Paprika, Tomaten, Oliven, Thunfisch, Salami, Zwiebeln und Pilzen, Pepperoni nicht zu vergessen. Der Backofen war bereits auf 215 Grad vorgeheizt, jetzt musste sie nur noch den Teig belegen und dann ab in den Ofen mit der Pizza. Sie wählte seit einiger Zeit wieder Ober-/Unterhitze, weil das Heißluftgebläse ihre Pizza immer so austrocknete. Für sie hätte man diese Heißluftgebläse nicht erfinden müssen. Am liebsten hätte sie einen alten Holzofenherd, aber ihr Mann war dagegen. Er wollte nicht, dass sie sich körperlich zu sehr anstrengen muss, er war der Meinung, die Neuzeit würde es gut mit einer Hausfrau meinen, und so fügte sie sich. Auch hatte sie einen Staubsauger ohne Papierbeutel, der jedoch nicht ganz hielt, was die Werbung versprach. Immerzu musste sie den Schwammfilter auswaschen und mühselig trocknen lassen. Wenn der Filter noch feucht war, weil es eilte, setzte sich der Staubsauger sofort wieder zu und sie konnte nicht mehr saugen.

Nicole war soeben am Flughafen angekommen, hatte von da aus angerufen und saß jetzt in der S-Bahn nach Hause. Helene war gespannt, was Nicole erzählen würde. Selber war sie noch nie im Ausland gewesen. Sie konnte sich gar nicht vorstellen, dass es jetzt in Spanien, vor allem im Süden, immer noch so heiß war, es war ja schon November. Unglaublich, ihr Mann hatte ihr am Telefon erzählt, dass er sogar schon einen Sonnenbrand hat und sich in der Apotheke etwas gegen Sonnenallergie gekauft hatte.

Ein wenig bedeckt hatte er sich allerdings gehalten, was seine Arbeit angeht. War er nun jemandem auf den Fersen? Sie wusste es wirklich nicht. Er hatte zwar erwähnt, dass er wegen einer Person, die er anscheinend beschattete, die Insel verlassen hatte und sich im Süden des Landes auf einem Campingplatz aufhielt. Wer aber diese Person war und ob diese Person überhaupt existierte, sie konnte sich keinen Reim darauf machen, denn der Kommissar hatte sich sehr undeutlich ausgedrückt. Jetzt machte sie sich ein bisschen Sorgen, weil er von Ohrenschmerzen gesprochen hatte. Hoffentlich wird er dort nicht noch krank. Sie dachte sofort an ganz schlimme Sachen, auch daran, dass Kommissar Schneider nicht mehr der Jüngste ist. Und wenn er stirbt? Wie ist denn das überhaupt mit Überführung und so, muss sie ihn dann abholen? Am liebsten hätte sie im Beerdigungsinstitut angerufen und gefragt, ob sie einen Beratungstermin haben könnte. Es schellte. Nicole! Helene Schneider legte die Burda, die sie gerade erst in die Hand genommen hatte, um nach neuen Schnittmustern zu suchen, wieder weg und öffnete die Tür. Sie erstarrte! Ein Polizist stand im Hausflur und schaute sie betreten an. Dann wurde ihr schwarz vor Augen, und sie fiel in Ohnmacht.

Jeremy beeilte sich. Mit langen Schritten hetzte er durch die Altstadt. Sein Blickfeld war eingeschränkt, er hatte nur ein Ziel: Haus Nummer 17 auf der Avenida del Pintor Joaquín. Links und rechts sah er noch nicht einmal die Straßenmusiker, die mit ihrem Gedudel den Leuten auf den Wecker gingen und auf diese Art ein paar Cent verdienen wollten. Das Pärchen mit den Tischdecken war auch wieder da. Die Frau rannte ihm ein Stück hinterher, schwenkte Tischdecken, weiße Tischdecken mit am Rand aufgestickten Erdbeeren. Er reagierte nicht. Die Frau war es gewöhnt und nahm sich den nächsten Passanten vor. Jeremy warf seine Tolle nach hinten, mit der Hand. Unter seiner Jacke hielt er ein kleines Plastiksäckchen versteckt, er schwitzte, denn der Inhalt war explosiv. Er sah sich ein einziges Mal um, nämlich als er plötzlich dachte, Kommissar Schneider stände an der Ecke vor der Bank in dem Eingang, der mit Marmor ausgekleidet war.

In der Tat hatte sich Kommissar Schneider aufgemacht, um in die Stadt zu fahren. Ein anderer Camper, Herr Worster, nahm ihn in seinem allradgetriebenen Auto mit und ließ ihn im Einkaufsviertel in der Innenstadt raus. Kommissar Schneider musste noch Geld ziehen, das erledigte er in der Nationalbank. Als er das Geld zählte und den Klängen der Straßenmusikanten zuhörte, war es ihm so, als hätte er einen Schatten gesehen. Nein, das war sicherlich nur ein Flirren in der Hitze. Er schaute nach gegenüber zu dem kleinen Platz mit dem Springbrunnen. Kinder sprangen wild umher und lachten und spritzten sich mit dem Brunnenwasser nass, die Mütter saßen auf den Bänken und rauchten, strickten, quatschten. Kommissar Schneider holte sich ein Eis mit einer Kugel Aprikose, einer Kugel Banane und einer Kugel Erdbeere, dann setzte er sich auf eine der noch freien Bänke und schaute dem bunten Treiben zu.

Er zog Resümee. Der Spielzeugverkäufer, der mit einem harten Gegenstand in seinem Geschäft ermordet worden war, die Auskunft aus dem Hotel, die besagte, dass ein junger Mann ein Zimmer für zwei Stunden gemietet hatte, dieser junge Mann wurde zufällig gesehen, bevor er den Spielzeugladen aufsuchte, und zwar von der Frau, die die kleine Bar hat, schräg gegenüber in derselben Gasse. Der Kommissar war, nachdem er an jenem Nachmittag in dem kleinen Souvenirladen gewesen war, um etwas Hübsches für seine Frau mitzubringen, wieder die Gasse zurückgelaufen und wollte noch für seinen Enkel im Spielwarenladen eine sprechende Wurst oder so etwas kaufen, da hatte er den Besitzer in einer Blutlache gefunden und sofort die örtliche Polizei eingeschaltet. Aber da er immer interessiert ist an solchen Tragödien, interviewte er die Bardame von schräg gegenüber. Und die hatte ihm eine deutliche Beschreibung geben können von Jeremy, die haarscharf auf die Angaben passte, die ihm seine Tochter Nicole über den Kerl erzählt hatte. Auch in dem Hotel, wo dieser das Zimmer für das »Shooting« gemietet und natürlich mit falschem Namen unterschrieben hatte, konnte man die Beschreibung nur bestätigen. Er konnte natürlich der hiesigen Polizei nicht erzählen, wie interessiert er an dem Fall hing. Ihm kam es aber vor, da sie seine Identität als Bulle herausgefunden hatten, dass sie wüssten, dass er … ach, er dachte jetzt gar nicht mehr weiter darüber nach.

Er hatte es ja gewusst. Der Typ, in den sich seine Tochter verliebt hatte, war ein falscher Fuffziger! Und obendrein noch ein Mörder, vielleicht sogar ein mehrfacher. Ihn ließ das alles kalt. Für Nicole war das ja noch einmal gut gegangen. Und überhaupt, was kümmerte er sich um einen Fall in einem fremden Land. Aber ir-

gendetwas reizte ihn, die Menschheit vor solch Unge-
ziefer zu beschützen. Wer weiß, vielleicht ist der Kerl
ein Psychopath! Kommissar Schneiders Eis tropfte die
ganze Zeit auf seine Hose, er bemerkte es zu spät. Aber
er wollte sich sowieso eine neue, kurze Hose kaufen.
Wenn nur diese verdammten Ohrenschmerzen nicht
wären.

»U-n ca--cafe co-co-con lech-ee, por--- fav-o-ur!«

Satan Loco bestellte sich holprig und stotternd eine
Tasse Kaffee mit Milch. Das »Bogotas« war immer sein
Lieblingscafé gewesen. Vor zwanzig Jahren sah es hier
allerdings anders aus. Damals war der Teufel los gewesen. Heute dagegen: tote Hose. Solche Läden liefen nicht mehr. Die Öffnungszeiten waren aber auch
viel zu speziell. Morgens ab acht bis zwölf, und dann
erst wieder um 19 bis 23 Uhr. Dann war Schicht. Die
jungen Leute zog so etwas nicht mehr an. Sie wollten
immer sofort haben, was ihnen gefiel. Außerdem hatte
das Fernsehen seinen Siegeszug gehalten in einer Gesellschaft, die nicht mehr den Namen »Gesellschaft«
verdiente, denn es waren ausschließlich und ohne Aus-
nahme Einzelpersonen, die in der Rotte nicht auffie-
len. Meist saßen sie dann vor ihren Fernsehapparaten
oder surften im Internet. Internetcafé, das ging. Da war
was los. Satan Loco traute sich aber nicht in diese klei-

nen Kabuffs, er war viel zu schüchtern, als dass er es mit dieser Art von Leben aufnehmen konnte. Er wollte aber auch nicht. Sein Leben war in der Abgeschiedenheit der Sierra ein nie endendes Abenteuer. Obwohl der Alltag auch dort Einzug hielt, in Form von Handy-Masten und Sonnenenergiespiegeln und dem ganzen Zeugs, sah er sich außerstande, etwas gegen diese Lebensform zu sagen. Ihm gefiel das so, wie es war. Nie hatte er das Bedürfnis nach zweifelhafter Gesellschaft.

Als er die Straßen entlangblubberte, fiel ihm das Ehepaar ein, damals, sie kamen von hier, aus Almería, hatten ein kleines Musikgeschäft, auf jeden Fall waren sie in der Sierra unterwegs, mit ihrem Landrover, als sie Satan Loco unvermittelt über den Weg laufen sahen. Sie wendeten auf der Stelle und berichteten den Behörden von dem verwildert aussehenden und eigenartig scheuen Mann, und die Policia Municipal war ausgerückt und hatte Satan Loco aufgespürt. Wie ein wildes Tier hatten sie ihn einfangen müssen, dann, später, in der Stadt, konnte er sich losreißen, weil es zwischen den Beamten Kompetenzschwierigkeiten gab.

Diese Geschichte gelangte auf Umwegen zum König Juan, der diesen unbeugsamen Sonderling kennenlernen wollte. Und der König war es dann, der, weil er Gefallen an Satan Loco gefunden hatte, dafür sorgte, dass dieser keine Repressalien mehr zu spüren bekam. Der König ließ sogar anordnen, dass solche Personen zu schützen seien – ob ihrer freiheitlich-individuellen Lebensführung, die als Vorbild für eine dem Werteverfall unterworfene Gesellschaft dienen sollte, daher un-

ein Unbeteiligter

bedingt in ihrer speziellen Lebensform zu unterstützen seien, wo es nur geht. Sozusagen bedrohtes Kulturgut.

Satan Loco trank seinen Kaffee aus, schaute den Barkeeper mit großen Augen an, als der Geld haben wollte, trat einmal mit voller Wucht in den Jugendstilschrank, der das Lokal neben dem Eingang verzierte und jetzt für immer zerstört war, sodass es knallte, trat einem zufällig gerade hereinkommenden harmlosen Gast mit voller Wucht sein Knie unter die Kinnlade, sodass es im Halswirbel verdächtig knackte und der Gast auf der Stelle tot umfiel. Dann verließ er ohne Worte das Lokal.

Der Schrank war in tausend Holzfetzen zerborsten. Der Barkeeper hatte Angst. Deshalb blieb er im Lokal zurück und verzichtete auf sein Geld für den Kaffee. War ja nur ein kleiner Betrag. Den würde er jetzt aus seiner eigenen Tasche zahlen müssen. Aber er kannte den Fremden nicht gut und befürchtete, dass der ihm einfach mit der Faust ins Gesicht schlägt, genau das hatte er nämlich schon mal mit ansehen müssen bei diesem Typen. Die Polizei zu rufen war Quatsch. Die Polizei hielt sich raus. Die sagten, hier handele es sich um »Kulturgut« oder so ähnlich. Also schaffte er die Leiche des Gastes nach hinten in die Küche. Wenig später hörte ein neu angekommener aufmerksamer Gast von dort eine elektrische Säge. Er dachte sich nichts dabei. Auch vernahm er ein merkwürdiges Geräusch, könnte Kotzen sein. Nur später, bei der polizeilichen Vernehmung im Präsidium – den Wirt hatten sie verhaftet, als er ein Bein in der Aschentonne entsorgen wollte –, konnte er sich plötzlich einen Reim auf das Ganze machen.

Kommissar Schneider ging in die Garderobe des Herrenausstatters und zog den Vorhang zu, wenigstens so weit es ging. An der Seite war noch ein Spalt, und der Herr Kommissar Schneider hatte das Gefühl, als würde der Verkäufer, ein dunkelhaariger durchtrainierter Mann mittleren Alters, ihn beobachten. Jetzt lächelte er ihm sogar zu, ein Zeichen dafür, dass er ihn wirklich sehen konnte. Der Kommissar grüßte verstört zurück. Er zibbelte noch einmal an dem Vorhang, doch jetzt war die andere Seite ein großes Stück weit offen, und der Verkäufer brauchte nur seinen Kopf auf die rechte Seite der Schulter zu rücken und den Kommissar anschauen. Der Kommissar hatte seine mit Eis verschmierte Hose an dem Messinghaken aufgehängt und zwängte sich eine mittelgraue halblange Hose über die Hüften, die war jedoch zu klein, und so blieb ihm nichts anderes übrig, als sie wieder herunterfallen zu lassen.

»Nun gucken Sie doch nicht so!«

Der Kommissar war empört wegen dieses voyeurhaften Getues des Mannes. Das Gesicht des Verkäufers rötete sich etwas vor Scham oder Aufregung, das konnte der Kommissar nicht genau erkennen. Er trat aus dem Kabuff und hielt dem Verkäufer die zu kleine Hose vor die Nase.

»Ein Nummer größer, bitte!«

Der Verkäufer sah betreten auf die kalkweißen, dünnen und mit krummen vereinzelten Haaren verzierten Beine, die in grünlichen Socken steckten, die mehrere Rhomben als Muster aufwiesen. Dazu trug der

Kommissar ein hellblaues Nyltesthemd. Unvermittelt streckte der Verkäufer dem Kommissar seine Hand entgegen.

»Ich bin der Olaf, ich komme auch aus Deutschland!«

Der Kommissar wurde abermals verlegen.

»Schneider, äh, Jürgen. Ich bin der Jürgen!«

Der Kommissar kannte sich selbst nicht mehr. Er fühlte sich von dem Verkäufer in einer Art angezogen, die ihm irgendwie neu war. Sollte er etwa, wie ihm seine Tochter Nicole schon einmal gesagt hatte, altersschwul geworden sein? Er wirkte auf jeden Fall sehr verunsichert.

»Lassen Sie, ich schau mal, ob wir noch ein anderes Modell auf Lager haben. Ich bin gleich zurück.«

Und mit herabgeschlagenen Augenlidern sagte der Verkäufer noch den Satz:

»Sie können gern mitkommen, Jürgen.«

Da platzte dem Kommissar der Kragen gleich mehrfach. Nein! Er wollte NICHT mitkommen! Er riss seine mit Eis verschmierte Hose vom Haken, zog sie sich im Gehen an, dabei riss auch noch der Reißverschluss der Länge nach auf, und machte sich, so schnell er konnte, aus dem Staub. Kalter Schweiß machte sich auf seiner Stirn breit, den die Sonne nach ein paar Metern trocknete. Er beschleunigte seinen Schritt, da war der Brunnen wieder, schnell zu dem Brunnen und etwas Wasser auf die Hose, vielleicht war sie noch zu retten. Er schaute sich nach allen Seiten um, doch keiner nahm Notiz von dem hektischen Mann, der sich offensichtlich seine Hose am Brunnen säuberte. Wahrscheinlich war Eis draufgetropft.

Jeremy hatte die Hausnummer 17 erreicht. Das Haus war unbewohnt, ein paar Birken wuchsen schon aus den Fensteröffnungen, die teilweise ohne Rahmen waren. Die Sonne schien den ganzen Tag in die obere Etage hinein. Das Erdgeschoss war verrammelt. Auf die geschlossenen Rollladen hatte man noch zusätzlich ein paar Bretter genagelt. Ein verblichenes Firmenschild war kaum zu entziffern, hier muss einmal ein Fotogeschäft gewesen sein, denn neben dem Firmenschild war eindeutig noch das Relief eines Fotoapparates zu sehen. Jeremy zog ein Stemmeisen aus seinem Hemd und hebelte einfach die Seitentüre auf. Niemand interessierte sich für den untersetzten jungen Mann mit dem rasierten Schädel und der Schmalzlocke an der Stirn. Die Leute dort hatten andere Sorgen. Drinnen im Haus konnte er also ganz ungehindert tun und lassen, was er wollte. Das laute Hupen des Riesendampfers, der soeben im Hafen angekommen war, zerschnitt die Atmosphäre.

»Huuuuuuuuuuuuuuup! – Huuuuuuuuuuuuuuuup!«

Er horchte kurz auf, dann vertiefte er sich in die Lektüre seines mehrsprachigen wiring diagram, Model C.

Helene war wieder aufgewacht. Der Polizist wollte lediglich die Tischtennisschläger von Kommissar Schneider zurückbringen, die dieser ihm für seine Kinder geliehen hatte. Die Kinder spielten seit Langem nicht mehr Tischtennis, was der Polizist sehr bedauerte.

»Hans-Georg hätte ein richtiger Champion werden können, der hat sogar gegen den Chinesen Li Chan gewonnen, und zwar haushoch! Hat Jürgen Ihnen das nicht erzählt?«

Herr Waterkamp saß an dem kleinen Küchentisch und schmatzte. Die Pizza schmeckte ihm so außerordentlich, dass er auch ordentlich zulangte. Frau Kommissar Schneider ließ es genervt geschehen. Sie schaute immer wieder über ihre Schulter aus dem Fenster, wo denn Nicole wohl bleibt. Es waren nur noch vier Stücke Pizza auf dem großen Backofenblech. Helene hoffte, etwas für Nicole übrig behalten zu können. Doch Herr Waterkamp stopfte sich noch ein Stück rein.

»Die schmeckt fast so gut wie in einer richtigen Pizzeria, Frau Schneider!«

Helene fauchte innerlich vor Wut. Wie kann dieser fiese quaderförmige Klotz so unhöflich und taktlos zu ihr sein. Sie stellte ihm mit einem lauten Knall ein Glas Cola auf den Tisch.

»Hier, Getränk!«

Dann wischte sie sich ihre Hände an ihrer Schürze sauber und ging in den Hausflur, denn sie hatte etwas gehört. Tatsächlich, als sie die Wohnungstür öffnete, hörte sie ein Schluchzen. Es war Nicole. Sie stand un-

ten am Treppenabsatz und konnte ihre Gefühle nicht mehr im Zaum halten. Wie schön, wieder zu Hause. Sie warf sich ihrer Mutter um den Hals und weinte bitterlich. Helene war zu gefasst, um auch mitzuweinen. Dafür war sie auch schon zu alt.

»Lass das doch, Nicole. Hör doch auf. Was soll denn das? Immer diese Schauspielerei. Hör sofort auf damit!«

Nicole drückte die Mutter weg und schrie sie an:

»Mama!! Was meinst du denn, wie ich mich fühle?? Kannst du mich immer nur anmachen, und dann noch auf so gemeine Art und Weise?? Was hab ich dir denn getan! Du bist so scheiße, äh, weiß ich nicht, aber, echt, wie bescheuert muss man denn sein, seine EIGENE TOCHTER zu verarschen!? Ich hau ab! Das hast du nun davon, du blöde Kuh!!«

Sie machte auf der Stelle kehrt und warf die Tür mit einem schrillen Peng ins Eisenschloss. Weg war sie. Helene Schneider stöhnte und atmete einmal durch. Als sie in die Küche kam, war von der Pizza nur noch ein Fitzelchen übrig.

»Frau Schneider, hier, essen Sie doch auch etwas. Schmeckt wunderbar.«

dritter Teil.

Legumes wartete schon. Er bewachte den Müll, den Satan Loco und er im Laufe der letzten Wochen hier einfach an der Seite ihres Lagers aufgetürmt hatten, der Turm war jetzt so hoch, dass er ständig drohte umzukippen. Es musste etwas geschehen. Satan Loco trat mit dem rechten Fuß auf die Bremse, deren Wirkung nur noch zu erahnen war, und bog von der Hauptstraße ab. Nach der lang gezogenen Kurve beschleunigte er wieder auf Höchstgeschwindigkeit. Doch mitten im Geschwindigkeitsrausch kam ihm ein Gedanke. Er hielt an, wartete den entgegenkommenden Lkw ab und drehte dann mitten auf der Straße wieder um. Irgendetwas hatte er vergessen, er wusste aber nicht genau, was. Es muss etwas Wichtiges gewesen sein, dachte er, als er abermals in die Eisen ging. Ein Opossum rannte einfach quer über die Hauptstraße, ohne zu wissen, dass das sehr gefährlich sein könnte und sein Leben auf dem Spiel stand. Satan Loco bremste und schaute dem Tier nach, bis es im Gebüsch auf der anderen Seite der Straße verschwand. Auch ein freier Mann, der Opossumhengst.

Satan Loco hatte plötzlich einen Einfall. Er wollte ja seinen Hausmüll entsorgen, genau! DAS hatte er vergessen! Dann, als er weiterfahren wollte, sah er sich kurz um und wurde fast von einem sich sehr schnell nähernden Lkw erfasst, der, ohne abzubremsen, den Motorradfahrer überholte, obwohl Gegenverkehr war. Satan Loco war das gewohnt. Irgendwann würde er sich dafür rächen. Aber in diesem Fall brauchte er das nicht. Der Lkw bekam nämlich die nächste Kurve nicht und schleuderte, kam auf die Gegenfahrbahn und kippte auf das nächstbeste Auto, das entgegenkam. Ein Bild des Grauens bot sich Satan Loco, als er gemächlich an der Szene vorbeifahren wollte. Nein, so ohne Weiteres konnte er sich dann doch nicht aus dem Wind machen, ohne Hilfe zu leisten. Er machte eine Vollbremsung, schmiss sein Motorrad auf die Seite, vergewisserte sich kurz, ob auch alles in Ordnung war mit seinem Fahrzeug, und sprang dann durch die Autos, die nicht anhielten und einfach durch die Unfallstelle rasten, auf die andere Seite der an dieser Stelle vierspurigen Autostraße.

In dem kleinen Personenwagen war eine Frau eingeklemmt, blutüberströmt, der Lkw-Fahrer lag draußen auf dem Kakteenfeld, und eine Stange, die von seinem Laster heruntergeweht worden war, hatte sich in sein Herz gebohrt. Tot. Doch die junge Frau lebte noch. Was für ein Glück, dachte Satan Loco, und er riss mit aller Kraft die Beifahrertür auf. Er quetschte sich von oben durch die Tür, die nur einen Spaltbreit aufging, und legte seine Hand auf die Schläfen der Frau. Es pochte unmerklich, sie lebte, hatte die Augen geschlossen. Satan Loco schaute sich um, ob denn keiner zu Hilfe eilte. Nichts. Der Verkehr war nicht gewillt, aufgehalten zu werden, es war Feierabendzeit, und jeder dachte nur an sich. Satan Loco zerrte die Frau an Schultern, Haaren und Beinen aus dem Auto. Gleich würde es vielleicht explodieren.

Er wusste nicht, dass das eigentlich nicht möglich ist, man sieht es immer nur in Filmen, dort wird jegliches Filmmaterial verschossen, um Dramatik heraufzube-schwören, dazu gehört auch ein bestimmtes Arsenal an Feuerwerksmaterial. Das wirkliche Leben sieht ganz anders aus. Der Tod kommt meist ohne Dramatik, ist plötzlich einfach da. Die Sache mit dem Lkw-Fahrer, in dessen Körper eine Eisenstange steckte, war ein aus-drücklicher Glücksfall in dieser Beziehung. Da wird man noch lange von sprechen. Aber als Vorlage für ei-nen Hollywoodfilm ist selbst das noch etwas zu mager.

Satan Loco legte die Frau auf das Stück Gras ne-ben der zerstörten Leitplanke. Sie atmete, aber sehr schwach. Er legte seinen Mund auf ihren und begann mit der Prozedur. Mund-zu-Mund-Beatmung. Das hatte er noch nie in seinem Leben gemacht. Damals, als er seinen Führerschein gemacht hatte, in Barcelona, hatte er genau das aber an einer Plastikpuppe, das heißt an einem Torso mit Gesicht und offenem Mund, üben müssen. Das kam ihm jetzt zugute, er hatte es nicht vergessen. So oft hatte er in seinem darauffolgenden wirren Leben daran gedacht. Und nun war es so weit. Satan Loco setzte zu einem gewaltigen Puster an, da besann er sich, nahm noch einmal Abstand von dem schönen Mund der Frau, dann versuchte er es etwas sanfter. Einmal, zweimal, dreimal. Dazu legte er die Arme auf ihre Brust und drückte sie rhythmisch auf und ab. Nach einer Weile schlug sie die Augen auf. Sie war verwirrt, aber nicht erschrocken. Er ließ von ihr ab, da fielen ihre Augen wieder zu, und er musste wieder die Beatmung machen. Plötzlich kam ihre Zunge hervorgeschossen, und sie küssten sich lange und intensiv, rollten sich auf dem kleinen Stückchen Gras immer hin und her und bemerkten nicht die beiden von der Guardia Civil, die soeben mit ihrem Seat angeschossen kamen. Die sprangen aus dem Auto und sicherten als Erstes die Unfallstelle ab. Dann traten sie auf die sich küssenden Leute zu.

»Hola, hola! Que pasa, hombre?! Estas tu moto?«

Satan Loco wurde rot. Er erhob sich ungelenk und fing an, undeutlich vor sich hin zu brabbeln. Die Frau konnte noch nicht aufstehen, weil sie einen Wirbel gebrochen hatte. Satan Loco war das alles zu viel, er rannte plötzlich zu seinem Motorrad und fuhr sofort wie von der Tarantel gestochen weg. Die beiden Polizisten kümmerten sich um die verletzte Frau und nahmen den Unfall auf. Einer schrieb sich die Nummer des wegrasenden Satan Loco auf, den würden sie schon ausfindig machen. Erst galt es, die Unfallopfer zu bergen.

Satan Loco hatte Tränen in den Augen. Noch nie in seinem Leben hatte er eine Frau geküsst. Und dann so, in dieser Situation. Das war für ihn nicht mehr mit seinen bisherigen Maßstäben vereinbar. Er dachte sofort daran, dass andere Menschen verheiratet sind, Kinder haben und einen schönen Beruf. Er wollte das auch haben. Dann dachte er daran, wie es in Wirklichkeit wäre:

Er ginge zur Arbeit, kommt nach zehn Stunden nach Hause, und da steht seine Frau und stellt ihm Essen auf den Tisch, danach setzen sie sich auf die Couch im Wohnzimmer, und sie erzählt von der Nachbarin und dass sie einkaufen war und es morgen Kaltschale gibt, weil das Geld alle ist für diesen Monat. Dann würde er ins Schlafzimmer der Kinder gehen, um ihnen einen Gutenachtkuss zu geben, bei dem Gedanken daran kamen ihm die Tränen. Dann würde er noch zwei Stunden alleine vor dem Fernseher sitzen und Fußball oder so was gucken, seine Frau wäre entweder im Keller, Wäsche aufhängen, wo er ihr nicht helfen konnte, weil er zu kaputt wäre von der Arbeit auf der Baustelle, oder würde schon im Bett liegen, mit einer Gurkenmaske. Was für Aussichten. Er grinste übers ganze Gesicht, als er die Lichter der Stadt von Weitem sah, und er freute sich über seine Unabhängigkeit und dafür, dass er keinen anderen Menschen unglücklich machen würde.

Vollbremsung! Wieder vergessen! Er drehte ein zweites Mal um und holte endlich seinen verdammten Hausmüll. Dabei musste er an der Unfallstelle wieder zweimal vorbei, aber da war so viel los, keiner sah ihn, wie er mit über hundertvierzig Stundenkilometern vorbeiraste, in der Höhe der Unfallstelle die Kupplung zog und sich ein paar Hundert Meter von der noch verbleibenden Schubkraft des Motors weitertragen ließ.

Es war wieder so weit. Frau Kommissar Schneider hatte den Lautsprecher des Fernsehers brüllend laut aufgerissen und schaute über die Schulter aus der Küche heraus ihre Lieblingssendung. Genau, so wird es gemacht, sie nickte anerkennend in Richtung Bildschirm.

»Eventuell noch vorhandene Federn oder Federkiele mit der Pinzette vorsichtig aus der Haut ziehen. Dann, wenn das Geflügel gekocht werden soll, es innen und außen gut waschen. Wird es hingegen gebraten, nur innen waschen und gut abtupfen.«

Helene wollte das Hähnchen nur braten, also wusch sie es nur innen. Dann zerteilte sie das rohe Geflügel, indem sie es zunächst auf den Rücken legte und dann das Fleisch am Keulenansatz durch einen Schnitt ringsum bis zum Gelenk hin einschnitt. Anschließend bog sie die Keulen zur Seite, um die Gelenke mit einem großen Chefmesser zu zerschneiden. Das Brustfleisch schnitt sie senkrecht am Brustbein entlang ein, um dann den flachen, weichen Brustknochen mit einer Geflügelschere durchzuschneiden. Jetzt trennte sie die Bruststücke vom Rücken und zerteilte sie quer in Flügel- und unteres Bruststück. So, erledigt. Sie schaute aufmerksam dem Fernsehkoch zu. Genau, und jetzt das Geflügel dressieren, ohne Nadel, versteht sich. Das Dressieren dient dazu, dass das Geflügel beim Braten nicht austrocknet und gut in Form bleibt. Sie legte ein zweites Hähnchen ebenfalls auf den Rücken und führte ein Stück Küchengarn, das circa zweieinhalb Mal so lang war wie das Hähnchen selbst, auf Höhe der Unterschenkel unter dem Rücken durch. Sie schlang das Garn jeweils einmal um die Gelenkknochen der Unterschenkel. Dann kreuzte sie das Garn, führte es unter den Keulen entlang zu den eingewinkelten Flügeln, sodass sich die Garnenden trafen. Sie überkreuzte sie und knotete sie so fest zusammen, wie sie nur konnte. Der Fernsehkoch, so als hätte er alles beobachtet, sagte noch:

» ... und binden Sie das Geflügel nur so fest zusammen, dass es noch seine natürlich Form hat. Sonst werden die Keulen beim späteren Braten nicht gleichmäßig gar!«

Das hatte gesessen! Helene hatte nämlich schon das Hähnchen so fest zusammengeknotet, dass es als solches nicht mehr zu erkennen war. Sie warf es heulend in den Ascheneimer.


Kommissar Schneider schlurfte durch die Gassen der Altstadt von Almería. Seinen Mantel trug er jetzt verkrampft vor sich her, schwitzend mit zugekniffenen Augen. Das Kopfsteinpflaster machte ihm sichtlich Schwierigkeiten, seine Füße steckten in viel zu engen Schuhen, das heißt, durch die enorme Hitze waren die Füße dermaßen geschwollen, dass das Blut in ihnen zu stocken drohte. So schleppte sich der Kommissar in Richtung Hafen. Dort lud ihn der Schatten der

Akazien zu einer Rast ein. Er setzte sich auf den Rand des Blumenbeetes vor dem Hotel Astoria. Sofort nahm ihn der Hoteldetektiv in Augenschein. Kein Irrtum, er beobachtete Kommissar Schneider, das bemerkte dieser sofort. Als müsse er den Hoteldetektiv schocken, zog Kommissar Schneider seine Schuhe aus und schüttete sich Wasser aus einer Plastikflasche über die nackten Füße. Er hatte sich eben noch diese Flasche gekauft, wollte sie eigentlich trinken. Doch die Füße zu kühlen, das befand der Kommissar jetzt als wichtiger. Der Hoteldetektiv schickte sich an, die Straße zu überqueren und den Kommissar anzusprechen.

»Señor, esto prohibido, las pedes lanco, combrendes? Corre, corre!«

Er machte eine Handbewegung, dass der Kommissar verschwinden solle. Der Kommissar guckte aus seinem Hemd verstohlen nach oben, der Hoteldetektiv war ein Hüne. Mit dem wollte er sich nicht anlegen. Nein, auf keinen Fall. Kommissar Schneider nahm seine Schuhe und schlich mit schmerzverzerrtem Gesicht die Straße weiter entlang, an den Hotels vorbei, bis zu der großen Kreuzung, wo es wieder in die Einkaufsstraße hoch geht und in der anderen Richtung über die große Ampelanlage zum Hafen. Er war erschöpft, doch musste er bei 40 Grad im Schatten im gleißenden Sonnenlicht die große, breite Straße überqueren und wollte sich auf der anderen Seite, wenn es geht, direkt am Wasser irgendwo hinsetzen und seine Füße ins Meer baumeln lassen.

Doch dazu kam es nicht. Ein Motorradfahrer hatte

ihn zu spät gesehen, der Kommissar wurde fast von der Satteltasche erwischt und beinahe mitgeschleift. Der Motorradfahrer hatte keine Schuld, Kommissar Schneider war bei Rot gegangen, denn er konnte die Farben wegen der Hitze nicht mehr sicher erkennen. Da lag er nun. Der Motorradfahrer war weg. Wahrscheinlich hatte er von dem Missgeschick gar nicht Notiz genommen. Außerdem machte die Maschine einen Höllenlärm, sodass der Fahrer den Schrei des Kommissars nicht hören konnte. Ein paar Passanten kümmerten sich um den Kommissar. Einer rief einen Krankenwagen. Kommissar Schneider wurde wenig später ins Hospital der Jungfrau Maria des Erbarmens gebracht. Dort wollte man ihn sofort am Oberschenkel operieren. Oberschenkelhalsbruch, glatter Durchbruch. Nicht außergewöhnlich bei älteren Leuten. Aber es war eine Verwechslung, denn der andere Herr, den man in dasselbe Zimmer gelegt hatte wie den Kommissar, der hatte den Oberschenkelhalsbruch.

Kommissar Schneider war noch einmal davongekommen. Nicht auszudenken, wenn er drei oder vier Wochen hierbleiben müsste. Jetzt wurde ein Unfallopfer hereingefahren, eine Frau, sie lag steif mit großen aufgeblasenen Luftkissen um den Hals auf einer rollbaren Trage, und drei Sanitäter kümmerten sich um sie. Sie schlug die Augen auf und sah Kommissar Schneider vertraut an. Kannte er sie denn? Während er nach einer Zeitung griff, beobachtete der Kommissar, wie sie in den Lastenaufzug geschoben wurde. Ein Arzt, der etwas weiter dahinter ging, versuchte den Aufzug noch mitzubekommen, musste aber dann vor der sich schließenden Tür nach rechts abbiegen und die Treppe nehmen.

Der Kommissar saß in einem Rollstuhl, weil es keinen anderen Sitzplatz gab, und schlug die Zeitung auf. Auf Seite zwei stockte ihm der Atem: Riesengroß war sie zu sehen, nackt, die Brüste frei, nur einen Tanga an, mit lächelndem Mund und aufgerissenen, mit falschen Wimpern ausgestatteten Augen, dazu eine Hochfrisur, die sie wirklich unansehnlich machte: Nicole! Der Kommissar Schneider war auf hundertachtzig! Seine eigene Tochter!!!!

Satan Loco lenkte seine Harley-Davidson die Avenida del Sol herunter, bog in die große Straße am Hafen ein. Beinahe hätte er einen Mann umgefahren. Was geht der auch bei Rot! Satan Loco konnte sich nicht mehr umdrehen, war wohl nichts passiert. Seine Haare flogen wippend hinter ihm her, dann bog er in die Straße zu den Müllplätzen ein. Den Berg hoch und oben wieder rechts. Er hielt an und bockte seine Maschine auf. Er musste aufpassen, weil die Straße abschüssig war. Zur Sicherheit legte er einen Holzklotz, den er immer bei sich trug, hinter das Hinterrad. Jetzt kann sich die Maschine nicht mehr losrappeln, wenn zum Beispiel ein Lastwagen vorbeikommt und die ganze

Nicole

Straße zum Erzittern bringt. Satan Loco horchte auf. Was war das? Ein Knurren oder – jetzt! – ein Fiepsen, ein leises Bellen. Es kam aus einem der Müllberge. Die Anwohner hier schmissen einfach alles, was sie nicht mehr brauchen konnten, hinter ihre Häuser, die Sonne würde schon dafür sorgen, dass es vom Erdboden verschwindet. Das dauerte aber manchmal mehrere Jahre, dachte Satan Loco, als er vorsichtig mit seinem Müll in der Hand mit langen Schritten in Richtung des Müllhaufens vorstieß, von wo er das Geräusch gehört hatte. Da war es wieder! Er schmiss seinen Müll in einem weiten Bogen, damit er nicht zu viel Geräusch machte, auf den schon vorhandenen Müll, dann stieß er ein paar Möbel und Pappreste zur Seite, packte mit der rechten Hand tief in die alten Zeitungsreste und mit Lebensmittelsäften durchtränkten Pappkartonfetzen und leeren Konserven, die darunter lagen, und beförderte einen kleinen, zitternden Hund ans Tageslicht. Er war ungefähr so groß wie ein Dackel, vielleicht ein bisschen größer, und pechschwarz. Kurzes, seidiges Fell.

Ein schöner Hund, mit einer kleinen weißen Zeichnung auf der Brust. Ein Weibchen, wie Satan Loco schnell herausfand. Satan Loco wollte es streicheln, da biss das Tier heftig zu. In die Hand. Aber Satan Loco wusste, dass dieser Hund nur aus Angst beißt. Er versuchte, das Tier zu beruhigen. Das war schwer, denn dieses Tier hatte das Vertrauen zu den Menschen gänzlich verloren. Wahrscheinlich kam es aus einem Tierheim, vielleicht aus Ungarn, war vielleicht ein Jahr in einer Kiste eingesperrt, auf die die Menschen immer wieder mit dicken Stöcken draufhauten, wer weiß.

Satan Loco spürt sofort ein tiefe Verbundenheit zu dem armen, kleinen schwarzen Hündchen mit dem seidigen Fell. Er will es behutsam auf den Boden setzen, plötzlich kackt es Satan Loco auf die Hand. Er ekelt sich ein bisschen, wischt es mit Gras ab. Er schimpft mit der Kleinen, rüttelt am Fell, hält sie hoch und sagt zu ihr:

»Du, du, du!«

Dazu der erhobene Zeigefinger. Der Hund muss erst einmal Manieren beigebracht bekommen. Satan Loco steckt ihn in die Satteltasche seines Motorrads und zündet sich eine Zigarette an. Er setzt sich auf die klassisch gesteppte Sitzbank und raucht, dabei beobachtet er den Hund. Er denkt nach. Legumes wird ihn vielleicht fressen. Aber das ist Schicksal. Nein, er wird ihn Legumes nicht zeigen dürfen. Er muss ihn erst mal verstecken. Legumes wird sauer sein, wenn er erfährt, dass Satan Loco noch ein Tier hat. Aber es ist ein Weibchen. Das ist was anderes. Legumes, der ausgewachsene Herr, und das kleine Hundemädchen, das wird schon gehen. Satan Loco wird schwarz vor Augen. Jemand hat ihn von hinten mit einem Stein oder einem anderen harten Gegenstand bewusstlos geschlagen.

Drei junge Kerle stehen bei Satan Loco und warten, dass er aufwacht. Sein Motorrad steht in Flammen. Die Satteltasche ist leer. Die kleine Hündin leckt Satan Loco die Stiefel. Die Jungs beraten sich. Sie kamen gerade zur rechten Zeit. Als sie um die Ecke bogen, von der Straße her zu dem Müllplatz, sahen sie, wie ein mittelgroßer Mann wie ein Schatten aus dem Müll auftauchte und den fremden Motorradfahrer von hinten mit einem dicken Stein niederschlug. Dann trat er das Motorrad um, der Vergaser war noch heiß, und das herausfließende Benzin entzündete sich, sodass das Motorrad nach einer Zeit in Flammen stand. Als der Mann die drei bemerkte, rannte er weg. Die Jungs stellten sich um das brennende Motorrad und fühlten sich ganz so wie in Amerika. Solche Szenen kannten sie aus vielen Filmen. Satan Loco erwachte. Er sah um sich und bemerkte die Jungs.

»Buenos tardes, Señores, como estas?«

Ja, Humor hatte er. Der sonst so wortkarge und fast schon hilflos entsozialisierte, aber starke Mann begann aufzutauen. Die Jungs hatten allerdings einen gehörigen Respekt vor ihm, denn als er aufstand, sahen sie, wie groß er wirklich war. Das hatte man eben, als er so dalag, nicht erkennen können.

»Hola, hombre, que pasa?!«

Sie waren etwas verstört und wollten ihn auf keinen Fall verunsichern, denn sie wussten, wenn das Motorrad eines solchen Mannes brennt, gibt es keine Gnade im Umkreis von einem Kilometer. Jetzt realisierte Satan Loco, dass seine Karre in Flammen stand. Er warf sich über das Motorrad und versuchte, die Flammen mit seiner Harro-Jacke zu ersticken. Unmöglich. Er begann wie ein Tier zu schluchzen, trommelte mit den Fäusten auf die erhitzte Erde neben dem Motorrad, rief unverständliche Laute in den Himmel, sodass die Jungen wegliefen vor Angst. Nur der kleine Hund blieb. Und wieder leckte er Satan Loco die Stiefel. Es war ein bemitleidenswertes Bild, wie der kleine Hund versuchte, den schweren starken Kerl zu trösten.

Satan Loco lag noch einen halben Tag neben seinem Motorrad und weinte. Niemand kam, niemand traute sich in seine Nähe. Die Leute aus der Nachbarschaft standen weitab auf der Straße und äugten misstrauisch zu dem Müllplatz, wo der Fremde sich in dem ausgelaufenen Dreck seines Motorrades wälzte.

Jeremy schaute auf die Uhr. Es war jetzt 17 Uhr zehn. Die Flucht aus dem verfallenen Haus hatte ihn Nerven gekostet. Jemand muss ihn verraten haben, denn als er gerade im Begriff war, die Bombe an der Zeituhr zu installieren, drangen Polizisten in das Haus ein. Sie machten so viel Krach dabei, dass Jeremy es sofort bemerken musste, also sprang er, die Bombe und die Zeituhr in der Innentasche seiner Lederjacke, hinterrücks aus dem Fenster der ehemaligen Küche auf den kleinen, mit Efeu überwachsenen Hof und kletterte geistesgegenwärtig die halb zerfallene Mauer hoch auf das dahinterliegende Grundstück. Da stand ein Mann, schnell nahm er einen dicken Stein auf und schlug ihm den Stein von hinten auf den Schädel, trat im Weglaufen das Motorrad zur Seite und war verschwunden. Nach einer Weile horchte er in die Richtung, aus der er gekommen war. Nichts zu hören. Die Guardia Civil war faul, da machte sich keiner auf den Weg, um mal zu schauen, wer denn in dem Haus gewesen sein könnte. Sie zogen einfach wieder ab. Sie hatten was Besseres zu tun.

An der nächsten Straßenecke stand ein Falschparker. Er musste sich nicht nur mit einer Verwarnung und einer Geldstrafe von hundertvierzig Euro zufriedengeben, sondern sein Wagen wurde auch noch abgeschleppt, vor seinen Augen, denn er war eigentlich nur kurz etwas besorgen gewesen und musste nun trotz heftigen Einspruchs zulassen, dass sein Auto, das schon am Abschlepphaken hing, zu einem ihm unbekannten Sammelplatz abtransportiert wurde. Später könne er ja dann zum Präsidium gehen und erfragen, wo sein Auto steht. Jetzt bekam er auch noch eine Geldstrafe wegen Beamtenbeleidigung dazu. Ein schlechter Tag für Monsignore Francisco Parisi. Aber er hätte eben nicht in Zivil in die Stadt fahren sollen.

Monsignore
Francisco
Parisi

Es war Nacht geworden in Almería. Kommissar Schneider lag noch im Krankenhaus – zur Beobachtung, wie sie ihm sagten. Er hätte auch gehen können, dazu müsste er aber eine Erklärung unterschreiben, dass er sich über die Risiken eines vorzeitigen Verlassens der Klinik bewusst wäre und gegebenenfalls für alles aufkommen müsse, was im Falle einer deswegen später ausgelösten Krankheit an Kosten für Ärzte, Krankenhausaufenthalte und Rehabilitierungsgeräte auf ihn zukommen würde. Da blieb der vorsichtige Kommissar doch lieber ein paar Stunden in der Klinik.

Der Morgen kam, und der Kommissar hatte eine riesige Erektion unter der Krankenbettdecke, sodass ihn die Krankenschwester sofort weckte. Sie riss einfach die Decke zur Seite und schrie den Kommissar an:

»Eyy! Esto prohibido, Señor! Que pasa!! Pronto! Correy, correy!!«

Schnell musste er aufstehen und zum Waschbecken, sich mit kaltem Wasser waschen. Er war ganz verdutzt. Hatte er doch eben noch geträumt, wie ihm seine Frau Helene ein schönes halbes Hähnchen auf den Tisch stellt, das sie selbst gebacken hat. Er versuchte, das zu erklären, aber er fand nicht die richtigen Worte. So ließ ihn die Krankenschwester stehen und verließ den Raum. Der Kommissar Schneider konnte nun das Krankenhaus verlassen.

Satan Loco hatte die Überbleibsel seines Motorrades, so gut er konnte, huckepack auf seine Schultern genommen, er trennte sich schweren Herzens von den verkohlten Rädern, dem Kettenkasten, der schönen Sitzbank, der ledernen Satteltasche, deren Inhalt nur noch Asche war und die entsetzlich stank. Überhaupt, der Gestank der Elektrik war ekelhaft, es lag eine Wolke dieses bissigen Geruches über der Stelle, wo das Motorrad in Flammen aufgegangen war. Satan Loco hatte nun die Gabel mitsamt dem Buckhorn-Lenker, die Zylinder mit der Kurbelwelle und ein paar für Laien nicht zu benennende Kleinteile wie Bowdenzüge und, ach ja, die Lampe auf dem Rücken.

Er stapfte die Straße entlang, links und rechts nichts als Agaven, auf der rechten Seite in weiter Ferne das Meer. Er musste aufpassen, denn es war schon wieder dunkel, dass er nicht von einem angetrunkenen Autofahrer angefahren wurde, es war nämlich Freitagnacht und da waren viele Leute unterwegs, fuhren besoffen nach Hause. Zum Glück hatten sich die Guardia Civil und die Distriktpolizei an mehren Orten, meist an den Verteilerkreisen, postiert, um diese Leute aus dem Verkehr zu ziehen. Es gab empfindliche Strafen für diese Vergehen.

Der kleine schwarze Hund lief brav neben seinem neuen Herrn her. Der machte große Schritte, sodass das Tier alle Mühe hatte, in Höhe seines Beines mitzukommen. Satan Loco sprach ein paar Worte mit dem Hund, nichts Nennenswertes. Die Lichter eines Campingplatzes kamen näher. Noch circa zwei Kilometer.

Er hatte Lust auf eine Schlägerei, weil er die Geschichte mit dem Motorrad nicht verarbeiten konnte. Er musste Dampf ablassen. Aber alles zu seiner Zeit. Er freute sich auf die Gelegenheit, mal wieder richtig zuzuschlagen. Nur hoffte er, auf gleichstarke Gegner zu treffen, was sich bisher immer als schwierig gestaltet hatte. Er war einfach zu stark, schnell wurde es ihm langweilig, wenn mal was in der Art los war. Als er noch ein Teenager war, da hatte er mehr Spaß an Schlägereien. Aber heute, alle hatten solche Angst vor ihm, schon wegen seiner Statur, dass sie am liebsten wegliefen vor diesem raubeinigen Kerl.

Und jetzt dieser Hund. Was machte er wohl jetzt für einen Eindruck? Schon absurd, dieses Gespann. Satan Loco warf sein Restmotorrad über die Schulter auf die Erde, als er vor dem Eingang des Campingplatzes ankam. Sechs große Fahnen schlugen im Wind an ihre meterhohen Stangen. Spanien, Deutschland, Italien, England, dann die Europaflagge und eine, die Satan Loco nicht kannte. War es vielleicht die Flagge von Marokko? Kann nicht sein, ach ja, Holland. Klar, die Holländer waren hier in der Gegend nicht zu übersehen mit ihren langsamen Wohnwagengespannen oder Wohnmobilen. Und die Engländer. Aber auch die Deutschen fielen auf mit ihren sauberen und meist teuren Campingbussen. Die weiße Pest, sagte man hier. Satan Loco gefielen diese Häuser auf Rädern überhaupt nicht. Sie verschandelten seine Sierra kilometerweit. Überall sah man mittlerweile diese weißen Flecken in der wunderschönen Landschaft der Sierra Nevada und ihrer Ausläufer.

Diese weißen Flecken wurden nur noch übertroffen von den Millionen Hektar großen Tomatentreibhäusern, in denen Afrikaner, die keine Aufenthaltserlaubnis besaßen, für ein paar Cent malochten, bis sie nie mehr im Leben eine Tomate essen konnten. Denn wenn einer dieser Afrikaner mal eine Tomate klaut, wird er sofort rausgeworfen, dachte Satan Loco. Die Afrikaner sind gerne draußen an der frischen Luft, verkriechen sich auch in der Mittagszeit nicht in ihren Häusern, wie es die Spanier machen. Das war Satan Loco sympathisch. Ihre bunten Klamotten beherrschten das Stadtbild, wenn man von Almería aus südwärts am Meer entlangfährt bis Roquetas de Mar.

El Mojonero hieß der Ort. Hier fuhr Satan Loco manchmal einfach so hin und schaute sich die Leute an. Er saß auf seiner Maschine am Straßenrand und war ganz eins mit der Szenerie. Wo sollte er jetzt schnell eine neue Maschine herbekommen? Auf dem Campingplatz vielleicht. Er wartete ab, bis alle schliefen. Er wusste, dass die meisten Leute, die hier campen, Alarmanlagen in ihren Caravans haben und auch Betäubungsgiftmelder. Also musste er, wenn er nachher auf den Platz eindringen würde, sehr, sehr vorsichtig sein. Schnell versteckte er sich hinter dem Pfeiler des Schildes, wo der Name des Campingplatzes in Reliefform schön bunt aufgearbeitet war.

Ein Mann mit einem hochstehenden Strohhut ging steifbeinig vorbei, die Krempe des Hutes war merkwürdig abgeschnitten, und er trug an einer Art Henkel ein rhombenförmiges Gefäß, in dem es grünlich, blau-bräunlich schillerte. Es schienen tote Fliegen zu sein oder so etwas Ähnliches. Satan Loco musste husten, doch er unterdrückte den Reiz.

»Schatzile, glei kommet derele Vrleihung dr goldne Kamara ind Fernsähe! Beeil di, ja?!«

Der Mann nickte nur und ging weiter in Richtung Toilettenanlage. Seine Frau wartete vor dem Wohnwagen, und man sah von außen, dass drinnen der Fernseher lief. Satan Loco wartete ab, bis der Mann wieder zurück und in dem Wohnwagen verschwunden war. Sie machten die Tür zu, und drinnen setzten sie sich auf die Campinggarnitur und sahen die Sendung, die von Hape Kerkeling moderiert wurde. Satan Loco lugte durch das kleine Kunststofffenster und hatte Mühe, den Fernseher durch die Muster der fürchterlichen Gardine zu erkennen. Was er nun in den eineinhalb Stunden, bevor er sich wegen seiner verkrampften Haltung übergeben musste, mit ansehen musste, war so ziemlich das Schlimmste, was er in seinem verkackten Leben jemals gesehen hatte. Er hatte noch niemals so etwas gesehen. Er verstand das gar nicht. Was sollen denn da die vielen Prominenten? Gab es denn keine normalen Leute? Wer war denn Günter Jauch, bitte schön, und wer zum Teufel war Armin Mueller-Stahl? Hatte er ihn vielleicht hier heute auf dem Campingplatz gesehen? Zumindest sah er genauso aus wie der Mann, der eben mit seinem Foxterrier zu den Mülltonnen gegangen ist. Satan Loco schaltete ab, aber der Fernseher lief und lief. Wie kann man so eine Scheiße gucken, dachte er fast laut.

dä Frau des
Schwabn

Er war ungehalten. Wollte am Wohnwagen rappeln, den Typen Angst einjagen.

Warum eigentlich nicht? Satan Loco kotzte in das Vorzelt, das ein Stückchen aufstand. Dann nahm er den Wohnwagen an den Griffen, mit denen man den ganzen Wagen wegziehen kann, und begann, das Gefährt zu schaukeln. Innen schrie jemand auf Schwäbisch irgendein unverständliches Zeugs. Die Frau kam herausgelaufen mit einem Strohbesen in der Hand und wollte auf Satan Loco losgehen, da sprang ihr der kleine schwarze seidige Hund an den Hals und verbiss sich in dem schlaffen Gewebe der Campingoma! Der Mann schaute weiter fern. Draußen im Vorzelt starb die Arme vor sich hin.

Der kleine Hund holte sich eine Ohrlasche von seinem Herrchen.

»Darfst du das?! Na na na! Du! Sitz!«

Der Hund gehorchte.

»Feiiiin! So ist die kleine Pici fein! Platz!!«

Und wieder gehorchte der Hund. Satan Loco musste verschwinden, er nahm den Hund unter seinen Arm, lief quer durch den Kies zu der inneren Begrenzung des Campingplatzes und warf sich hinter eine Hecke, denn ein Mann kam aus seinem Wohnwagen gestürmt, der die Geräusche wohl gehört und so viel kriminalistische Erfahrung hatte, dass er wusste, es konnte sich bei dem Geschrei der Frau nur um Todesschreie handeln.

Kommissar Schneider machte seine Taschenlampe an und leuchtete der Campingoma ins Gesicht. Die Augen waren halb geöffnet, sie atmete noch. Aber nur kurz. Dann zuckte sie noch einmal und war endgültig tot. Hier kam jede Hilfe zu spät. Kommissar Schneider stieß die Wohnwagentür auf.

»Hallo? Ist da jemand?«

Der Mann mit dem Strohhut schaute kurz über die Schulter.

»Ruhig, do isch därele Travolta!«

Kommissar Schneider hatte den Kaffee auf. So viel Herzlosigkeit hatte er in diesem von außen so schick ausgestatteten Wohnwagen – er hatte eine automatische Satellitenantenne, die von selbst den richtigen Punkt am Himmel suchte – nicht erwartet. Er störte zwar ungern, aber er musste den Mann davon unterrichten, dass seine Frau, wenn es überhaupt seine Frau war, die da draußen lag, soeben gestorben war, und er müsse doch bitte schön einmal kurz aufschauen, er, also der Kommissar Schneider, wäre doch nicht irgendein Störer, nein, er wäre Kriminalkommissar, und zwar in der Mordkommission, hätte zwar zurzeit nur Teilzeit, aber arbeite an einem komplizierten Fall ohne Zeugen und anscheinend auch ohne bisherige Tat, aber er hätte da so was im Urin, er war sogar schon in Almería im Krankenhaus, das war aber unerfreulich, jedoch könne man die Sprache am besten lernen, wenn man gezwungen wäre, mit den Menschen zu sprechen, deren Sprache man nicht versteht. Jetzt wurde das dem Mann zu viel.

»Was wollen Sie denn, bittschön?«

Der Strohhutmann sah nun aber doch endlich, dass seine Frau wohl in anderen Sphären weilte, denn jetzt fiel er einfach um und war auch tot. Das Herz! Kommissar Schneider hielt das Ganze mittlerweile für einen schlechten Scherz und rappelte an den beiden Toten rum, bis er endlich begriff, dass nichts mehr zu machen sei. Hatte er denn vorher eben einen Schatten hinter dem Wohnwagen gesehen, oder war es Einbildung? Er leuchtete mit seiner Taschenlampe hinter die kleine Hecke, genau auf die Stelle, wo Satan Loco mitsamt dem kleinen Hund lag.

»Ja, hallo! Was machen Sie denn da, wenn ich mal fragen darf?«

Satan Loco musste sich eine Ausrede einfallen lassen. Und es gelang ihm.

»Ich, ich, äh, nix Campingwagen, au nix Zelt! Ich so schlaf hier, versteh?«

Der Kommissar verstand. Dieser Mann konnte nicht der Mörder der Frau sein, wenn es sich überhaupt um ein Kapitalverbrechen handelte, nein, es handelte sich hier um einen ehrlichen Mann, der mit seinem kleinen Hund die Ruhe dieses wunderschönen Campingplatzes ausnutzte und übers Wochenende hier ein paar selige Stunden verbrachte, und zwar ohne Zelt oder Campingwagen, denn dafür hatte er kein Geld oder keine Zeit, sich so etwas zuzulegen.

»Buenas noches, Señor!«, sagte der Kommissar Schneider mit steifem Spanisch. Aber dafür, dass er vor zwei Tagen noch überhaupt kein Spanisch konnte, war das gelungen.

Nicole stand vor dem großen Spiegel im Flur und musterte ihren Körper, sie war nackt. In der Hand hatte sie eine Ausgabe der »El País«. Die Seite mit ihrem Ganzkörperfoto war aufgeschlagen. Dass Francisco es geschafft hatte, das Foto in diese Tageszeitung zu bringen: Hut ab! Vielleicht war er ja doch nicht so falsch, dieser Junge. Auf jeden Fall dachte Nicole mit Wehmut an den Abend, an dem sie zusammen gewesen waren. Aber das war jetzt wichtiger: Ein Foto von ihr in solch einer Zeitung konnte für sie der Startschuss sein für eine lange andauernde Karriere als Superstar. Vielleicht würde sie singen, ja, das wäre besser als nur modeln, da verdient man doch auch mehr. Das Modeln ist sicher auch anstrengend, und das Gewicht halten, das war sowieso nichts für die verwöhnte Kommissarstochter. Sie schlug sich hektisch mit den Fäusten auf die schwabbelnden Hüften.

»Verdammte Scheiße!«

Sie war sichtlich unzufrieden mit ihrer Figur. Das Fett muss weg. Sie kam auf eine Idee: absaugen lassen! Bequemer geht's nicht. Das kostet natürlich. Aber wofür hatte sie denn vor zwei Monaten ihre Aussteuer bekommen, das waren nicht nur Bettzeug und Küchenhandtücher, sondern auch eine kleine Summe Bargeld, immerhin. Damit könnte sie schon zwei Drittel solch einer Behandlung bezahlen. Wenn sie es nur irgendwie so anstellen könnte, dass ein Hausarzt oder so ihr diese Behandlung verschreibt, vielleicht weil sie sonst psychisch vollkommen am Rad dreht, wenn das Fett nicht weg ist. Dazu fehlte ja jetzt schon nicht viel.

Jeremy fuhr auf einem Motorrad über die Autostrada. Er hatte es entwendet. Auf dem Hinterhof einer Harley-Davidson-Vertretung in Almería. Es stand da so einladend, das konnte er nicht abschlagen. Er brauchte nämlich jetzt einen fahrbaren Untersatz, weil er mit dem Sprengstoffgürtel und der Zeituhr viel zu viel zu tragen hatte. Er hatte das Zeug alles in einem großen Rucksack. Die Balance zu halten war nicht einfach, nur bei höheren Geschwindigkeiten trug der Fahrtwind dazu bei, dass die Angelegenheit nicht zu wackelig wurde. Er befand sich auf der Flucht. Es war zwar nicht ersichtlich, von wem er verfolgt wurde. Und ob er überhaupt verfolgt würde, wusste er auch nicht, aber sicher ist sicher. Besser die Flucht nach vorne.

Den Sprengstoff hatte er bisher nicht mit der Zeituhr verbinden können, dazu fehlte ihm die Zeit und der passende geschützte Ort. Er musste schnellstmöglich noch etwas finden heute. Er hatte so viel Sprengstoff im Rucksack, dass er damit mehrere Hochhäuser in die Luft jagen konnte. Das erhoffte er sich wenigstens. Im Schutze der Dunkelheit und ohne Licht war er nahezu unsichtbar. Er musste allerdings höllisch aufpassen auf den Gegenverkehr. Aber um die Zeit war nicht viel los. Der Freitagabendverkehr, der bis morgens um vier anhielt, war jetzt aufgelöst. Nun sah er die bunten Fahnen des Campingplatzes vor sich auftauchen. Ob er hier vielleicht ein wenig Ruhe finden würde, er könnte sich dort für einen Tag einnisten und vorgeben, er hätte seinen Ausweis im Gepäck verstaut und würde ihn nach der ersten Nacht, also morgen früh, abgeben. So dachte er und verlangsamte sein Tempo.

Da, ein schwarzer Schatten löste sich vom Fahrbahnrand und warf sich quer vor das Vorderrad des Motorrades. Jeremy schleuderte und stürzte schwer. Satan Loco hatte auf so eine Gelegenheit gewartet! Ein neues Motorrad! Und was für eins, nach ein paar Umbauten würde es das alte schlichtweg in den Schatten stellen. Pici, der kleine Hund, verbiss sich im Hals des Motorradfahrers, und während dieser seinen letzten Atemzug tat, durchstöberte Satan Loco den Rucksack und stieß auf den Sprengstoff.

»Que pasa, hombre!?«

Die Stimme hinter ihm kam ihm bekannt vor. Er warf sich herum und sah genau in die Augen von Monsignore Francisco Parisi. Dieser hatte gerade hinter den gegenüberliegenden Fahrbahnrand in die Agaven geschissen, denn er war schon lange zu Fuß unterwegs gewesen und musste so nötig. Seinen Wagen hatte er nicht zurückbekommen können, der war fürs Erste konfisziert. Nun begab er sich per pedes nach Hause zurück und passierte dabei die Stelle, wo der Campingplatz war. Sein Pech, denn Satan Loco schmiss ihm den Rucksack mitsamt dem Sprengstoff und dem ganzen Gedöns in hohem Bogen an den Kopf und ging augenblicklich in Deckung. Gerade rechtzeitig, denn eine riesige Detonation erschütterte den Nationalpark. Und noch eine.

Monsignore Francisco Parisis Einzelteile flogen

hoch in die Luft und landeten Hunderte von Metern weiter im dürren Gras der Sierra. Der Hund nahm sofort Reißaus. Wie eine schwarze Kugel schoss er durch die Gegend und ward nicht mehr gesehen. Satan Loco klopfte sich den Staub von seiner Harro-Jacke und erhob sich schwindelig und zitternd. Sein Gleichgewichtssinn funktionierte manchmal nicht so, wie er es wollte. Gleich kamen die Leute vom Campingplatz sicherlich die Straße hochgerannt, also musste Satan Loco schnell handeln, wollte er das Motorrad für sich retten. Mehrmals trat er den Anlasser durch. Dann, mit einem lauten Knall, sprang der Motor mit tieffrequentem Gurgeln an, und der Riesenhaufen Schrott setzte sich in Bewegung. Satan Loco raste dem kleinen Hund hinterher, doch er konnte ihn nirgendwo erkennen.

Da liefen sie, die Leute vom Campingplatz, allen voran der Kommissar Schneider, der jetzt den Strohhut des Schwaben sein Eigen nannte. Irgendein Andenken musste er ja Helene mitbringen. An der Stelle angekommen, mussten sie sich die verkohlten Überreste des Monsignore und den zerbissenen Leichnam von Jeremy, dem Bombenbauer, ansehen. Ein schreckliches Bild, dem mancher Camper nicht gewachsen war. Kommissar Schneider besah sich genau den Hals des Bombenbauers und Hobbyfotografen, dazu wendete er den Körper mit einem Fußtritt in die Hüfte, hob sein Bein an und drehte so die Leiche um.

»Hundebiss, genau wie bei der Frau des Hutträgers.« Er sah sich suchend um, dann fand er, nach längerem

Mustern der Stelle, an der anscheinend diese Explosion stattgefunden hatte, ein Kreuz an einer Kette.

»Teures Ding. Der Besitzer war sicherlich stinkreich.«

Keiner nahm Notiz von dem, was der Kommissar Schneider da so aufsammelte und in kleine Plastiktüten steckte, die er aus der Manteltasche zog. Ein aufmerksamer Mensch hätte jetzt spätestens den Revolver sehen müssen, den der Kommissar seit Jahrzehnten nie ablegte. Für sie war er ein einfacher Camper. Der Kommissar hatte genug gesehen.

»Ich verstehe das nicht. NOCH nicht. Aber der Tag wird kommen.«

Wenn seine Frau dabei gewesen wäre, hätte sie sofort Einspruch erhoben, denn der Tag, von dem der Kommissar schon des Öfteren phantasiert hatte, kam nie. Niemals. Da war sie sich so sicher wie das Amen in der Kirche.

Satan Loco hielt an einer einsam gelegenen Bar im Niemandsland der Sierra. Von innen kam Klaviermusik. Satan Loco stieg ab und schüttelte sich die Beine, die Vibrationen des mächtigen Zweizylinders hatten ihm die letzten Kilometer zu schaffen gemacht. Er war nun mal nicht mehr der Jüngste. Er stieß die Tür zur Bar auf. Halbdunkel in Purpur getaucht, Zigarettenqualm, der um die Ecke kam, ein Schatten von links nach rechts, mit einem Aperitif in der weißen Hand. Dann schaute Satan Loco um die Ecke und sah eine Pianistin hinter ihrem Instrument. Genau so etwas würde Satan auch machen wollen: Klavier spielen in einer Bar. Sein großer Traum seit Langem. Er kam zwei bis drei Mal im Jahr hierhin. Die Pianistin nickte ihm kurz zu und spielte dann »As Time Goes By«. Sie verhaspelte sich oft, kannte die richtigen Akkorde nicht wirklich, sie kam aus der Tschechei und war mehrere Jahre in Las Vegas gewesen, angeblich.

Satan Loco faszinierte diese Frau. Er kannte ihre Geschichte. Und er wollte seine eigene Geschichte anders haben, als sie bis jetzt gewesen war. Er trank an diesem Morgen, als die Sonne bis an den Zenit kletterte, mehrere Whiskey. Das war sonst nicht seine Art. Er wollte sein Leben ändern, wollte heraustreten aus dem Schatten seiner Existenz am Rande der Stadt, am Rande der Zivilisation, heraustreten aus seiner Einsamkeit, plötzlich verspürte er den unwiderruflichen Drang, in der Mitte der Gesellschaft zu stehen, Teil zu sein von diesem sozialen Gebilde und seinen Mann zu stehen, im Privaten wie also auch im Berufsleben. Er wollte einen anständigen Beruf erlernen. Nein, er wollte eigentlich sofort als Pianist seinen Lebensunterhalt verdienen und glücklich sein, vielleicht verheiratet, aber das muss man ja heutzutage nicht mehr, verheiratet sein. Aber Freundschaften, er wollte plötzlich richtige Freunde haben, auch weibliche, wollte sich austauschen, von Problemen erzählen können, über politische Ansichten diskutieren, über andere Länder erzählen und dazu anregen, Sachen richtiger zu machen als bisher. Kurz, er wollte dabei sein und raus aus seiner Einsamkeit.

Diesen Entschluss setzte er noch am selben Vormittag in die Tat um, er klaute ein elektronisches Keyboard, was alleine Melodien spielt auf Knopfdruck, man muss nur genug Batterien drinhaben, und damit setzte er sich in die Fußgängerzone von Almería und wurde Musiker. Straßenmusiker zwar erst mal, aber vielleicht würde er entdeckt. Es gab in der Geschichte immer mal wieder einen Straßenmusiker, der berühmt geworden ist, war es nicht mit Bob Dylan so gewesen? Er kannte gar keine Musik. Aber das Ding da, das er vor sich auf die Straße legte, das kannte jede Menge Melodien, die auch jedermann geläufig waren.

Und so kam es, dass Satan Loco einen neuen Lebensweg einschlug, der ihm jedoch schon bald zum Verhängnis werden sollte. Der kleine schwarze Hund, der dank TASSO schnell zwanzig Kilometer weit weg in El

Sol gefunden wurde, saß gerne mit ihm zusammen an der Straße, und die Leute gaben sicherlich auch wegen dem süßen Hündchen etwas mehr Geld. Am Abend fuhr Satan Loco mit dem Geld und dem Hündchen nach Hause, in die Sierra. Er wollte Legumes sagen, dass er nun vorhatte, in die Stadt zu ziehen. Legumes wartete schon auf ihn. Wo war Satan denn so lange geblieben? Legumes hatte sich wirklich Sorgen gemacht. Die Stadt der Menschen war für ihn ungleich gefährlicher als für einen Menschen selber, doch Satan Loco war ein Außenseiter und dazu noch der Freund eines Pumas. Als Satan Loco mit dem neuen Motorrad auf das Grundstück einbog, wo sie so lange gelebt hatten, sah Legumes sofort den kleinen schwarzen Hund und die Veränderung, die bei Satan Loco stattgefunden hatte.

»Hier, Legumes! Geld! Geld!«

Satan Loco holte das viele Geld aus den Taschen und warf es in die Luft, grapschte am Boden liegend darin herum, tat so, als wolle er es essen, und beförderte immer mehr von dem schnöden Mammon ans Tageslicht. Legumes empfand Abscheu. Geld! Damit konnte man eine Freundschaft in null Komma nichts auflösen. Und so geschah es auch.

Legumes musste handeln. Er begann zu fauchen, und mit einem Riesensatz verbiss er sich im Nacken des Satan Loco, machte kurzen Prozess, dann drehte er den schreienden Mann um und stülpte sein Maul über das des Satan Loco, damit er ersticke. Man sah, wie Satan Loco sich mit Händen und Füßen wehrte,

Pici

doch nach einer Zeit wurden seine Bewegungen immer langsamer, dann zuckte er, und wenig später streckte er seine Arme und Beine wie eine erfrierende Spinne von sich. Tot.

Pici winselte und leckte dem toten Satan Loco die Stiefel. Legumes hatte dicke Kullertränen in den Augen. Sein bester Freund, von ihm selbst getötet. Aber muss man nicht manchmal etwas tun, wovon die andern dann sagen, es wäre falsch, aber man selbst ist der Einzige, der weiß, dass es richtig war?

Legumes trottete mit gesenktem Haupte weg. Er aß auch nichts von Satan Loco, weder die Eingeweide, die ihm sonst doch so schmeckten, noch das Hirn. Nur weg hier, dachte er, hinaus in die Sierra, dort, wo es noch Ehrlichkeit gibt. Hier, an der Stelle, wo er so lange mit dem Menschen, den er so lieb gewonnen hatte, ausgehalten hatte, und das war für einen wilden Puma auch kein Zuckerschlecken. Hier wollte er nicht mehr länger bleiben. Aber ab nun sollte sich auch sein Leben ändern. Vielleicht hatte er etwas zu vorschnell gehandelt?

Kommissar Schneider saß im Flugzeug. Ein Anruf ereilte ihn in den frühen Morgenstunden, ein Ladendiebstahl in Gelsenkirchen-Buer. Wahrscheinlich ein minderjähriger Täter oder sehr, sehr klein. Kommissar

Schneider sollte den Fall allein übernehmen. Die anderen Kollegen hatten zu viel mit dem Fall des Lidl-Erpressers zu tun. Das hatte dem Kommissar noch gefehlt. Gerade hatte er angefangen, sich richtig heimisch in Spanien zu fühlen, und sogar angefangen, die Sprache zu lernen.

Am Flughafen wurde er von seiner Tochter abgeholt, die sich wiederum wegen des Zeitungsfotos sofort eine Ohrfeige abholte. Der Kommissar konnte ganz schön sauer werden, und da waren ihm die umstehenden Leute egal. Sollen sie doch gucken, sollen sie ihn doch anzeigen, diese blöden Gaffer.

»Blöde Arschlöcher! Das ist MEINE Tochter, kapiert!?«

Es war ihm auch nicht peinlich, dass er Damenschuhe trug, denn seine dünnen Sommerschuhe waren im Flugzeug wegen des Höhenunterschiedes beim Landen aufgeplatzt, und eine Stewardess hatte ihm ihre geliehen. Er könne sie ihr schicken. Flache, sportliche, apricotfarbene Todt's. Er tänzelte geschäftig um seine weinende Tochter herum, die seinen übergroßen Koffer schleppen musste. Zu Hause stand schon etwas auf dem Tisch, weswegen sich der Kommissar im Krankenhaus schon jede Menge Ärger eingehandelt hatte. Richtig, ein halbes Hähnchen. Ach ja, und die Ohrenschmerzen, die waren auch weg.

Epilog.

In der Sierra hält ein Auto mit einem Wohnwagen hintendran. Jemand steigt aus und schüttet den Inhalt eines rhombenförmigen zylindrischen Gefäßes achtlos hinter die Agavenhecke. Was er nicht weiß, ist, dass hinter der Hecke Satan Loco liegt, soeben von den Toten auferstanden, mit klaffender Wunde am Rücken, er wäre gestern fast erstickt, als Legumes ihm den Garaus machen wollte. Eine dickflüssige Soße, bestehend aus Millionen Fliegenleichen und Gift, dringt in die Wunde am Hals ein. Satan Loco wird wach von dem unsäglichen Schmerz, den diese Lösung in der Wunde verursacht. Er sieht noch die Reifen des Autos durchdrehen, und dann verschwinden die Leute wieder. Ein Ehepaar. Sie waren wohl Camping machen.

Die Sonne steht hoch am Himmel und knallt dem Gepeinigten ins Gesicht. Seine Lippen sind aufgeplatzt, und neben ihm liegt ein toter kleiner Hund. Innerhalb eines Tages vertrocknet, war nicht für diese Hitze vorgesehen. Ein elektronisches Keyboard summt leise und fast unhörbar seine Melodien vor sich hin. Dann steigen die Geier auf, aufgescheucht von einem Puma, der mit weit heraushängender Zunge aus dem Nichts auftaucht. Der Puma springt mit ein paar Sätzen zu dem Liegenden und schmiegt sich, nachdem er ihm die Stirn geleckt hat, an seine Seite. Satan Locos Mundwinkel formen sich zu einem kleinen Lächeln. Er ist also zurückgekommen. Mit einem richtigen Freund an der Seite ist das Sterben leichter.

Doch Satan Loco ist hart im Nehmen. Er überlebt den Angriff seines Freundes und wird sich von nun an, wenn es geht, überhaupt nicht mehr in der Öffentlichkeit bewegen. Der kleine Hund landet am Spieß, und das elektronische Keyboard ist sein neuer Lebensinhalt, zumindest beruflich. Man kann Satan Loco an vielen Kaufhausecken der Welt sitzen sehen, wie er dem Plastikkeyboard seine Seele einhaucht, indem er daneben auf dem Fußboden sitzt und eine dunkle Zigarette raucht. Der Puma wartet mit dem Essen zu Hause auf ihn.

Das Knattern des Motorrades wird demnächst etwas lauter, denn Satan Loco hat sich einen neuen Auspuff und einen schärferen Luftfilter bestellt.

ENDE

# Weitere Titel von Helge Schneider bei Kiepenheuer & Witsch

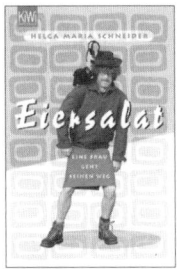

Helga Maria Schneider
Eiersalat
Eine Frau geht seinen
Weg
KiWi 534

Zieh dich aus,
du alte Hippe
Kommissar Schneiders
erster Fall
KiWi 355

Das scharlachrote
Kampfhuhn
Kommissar Schneiders
letzter Fall
KiWi 391

Der Mörder mit der
Strumpfhose!
Kommissar Schneider
wird zum Elch
KiWi 415

Der Scheich mit der
Hundehaarallergie
Kommissar Schneider
flippt extrem aus
KiWi 624

Aprikose, Banane, Erdbeer
Kommissar Schneider
und die Satanskralle von
Singapur
Mit zahlreichen
Zeichnungen des Autors
KiWi 818

Guten Tach.
Auf Wiedersehn.
Autobiographie, Teil I
Mit zahlreichen
Abbildungen
KiWi 279

obus Dei
m Nordpol bis
tagonien
n Expeditionsroman
t zahlreichen
bildungen
Wi 865

Die Memoiren des
Rodriguez Faszanatas
Bekenntnisse eines
Heiratsschwindlers
KiWi 968

Eine Liebe im Sechs-
achteltakt
Der abgeschlossene
Schicksalsroman von
Robert Fork
KiWi 1030

www.kiwi-verlag.de

Helge Schneider. Bonbon aus Wurst. Mein Leben. KiWi 1100
Verfügbar auch als ▣Book

»Da nicht nur Hartmut Beck von der SPD Rheinland-Würt-
temberg seine Memoiren noch einmal verändert hat, habe auch ich mich entschlossen, meinen Lebenslauf noch
einmal zu überdenken. Ich habe 1992 bereits handge-
schriebene Erinnerungen vorgelegt, die aber aufgrund
meines damaligen Zeitmangels und meiner Beschränkt-
heiten zum größten Teil auf erfundenen Lügenmärchen
basierten. Jetzt ist es an der Zeit aufzuräumen. ›Bonbon
aus Wurst‹ – mein Leben pur.« *Helge Schneider*

www.kiwi-verlag.de